TRANSGRESSIONS DU TERRIER

LES ENQUÊTES DE LA CHUCHOTEUSE
LIVRE 2

MOLLY FITZ

MINOU MYSTÉRIEUX

Minou Mystérieux
PO Box 873543
Wasilla, AK 99687

AU SUJET DE CE LIVRE

Je commence enfin à accepter le fait que je peux parler aux animaux, même si le seul qui me répond est un chat tigré grincheux que j'ai pris l'habitude de nommer Octo-Chat. Ce que je n'ai pas tout à fait résolu, c'est comment cacher mon secret...

Maintenant, un des partenaires de mon cabinet d'avocats a découvert mon nouveau talent étrange et il insiste pour que je l'utilise afin de défendre son client contre une accusation de double meurtre. Pour ne rien arranger, Octo-Chat n'a aucune intention de nous aider.

Notre seul espoir repose sur un York crétin

nommé Yo-Yo qui n'a pas tout à fait compris que son propriétaire est mort. Trouverons-nous un moyen de pousser Yo-Yo à nous aider sans briser son pauvre petit cœur canin ?

REMARQUE DE L'AUTRICE

Bonjour, merci d'avoir choisi ce livre ! Si vous aimez autant que moi les *cozy mysteries* qui font rire, nous allons bien nous entendre.

Pour commencer, j'aimerais vous inviter sur ma page Facebook dédiée exclusivement à mon lectorat francophone. Vous pouvez le faire ici :

facebook.com/lapilealire

Et vous pouvez également vous inscrire à ma newsletter pour recevoir un cadeau numérique gratuit comprenant une histoire exclusive au sujet d'Octo-Chat que je réserve à mes abonnés:

minoumystérieux.com/abonnez

Nous allons bien nous amuser ensemble. Tout commence en tournant la première page...

On se revoit de l'autre côté,

MOLLY

1

Salut, je m'appelle Angie Russo et mon animal domestique est un chat qui parle. Enfin, il ne parle qu'à moi, mais bon. Quelques mois se sont écoulés depuis qu'il est venu vivre avec moi après le meurtre de sa propriétaire, une gentille vieille dame empoisonnée par une personne de sa propre famille cherchant à accaparer l'héritage.

Depuis, Octo-Chat et moi nous sommes habitués à vivre en colocation et il est assez souvent agréable avec moi, tant que je lui donne son petit-déjeuner à temps et que je ne l'appelle absolument jamais « minou ». Il a même appris à utiliser son iPad pour m'appeler sur FaceTime afin que nous restions en contact quand je suis au travail.

Oui, *son* iPad.

Ai-je déjà mentionné qu'il était terriblement gâté ?

Non seulement il possède sa propre tablette, et un fonds fiduciaire également, mais il insiste pour ne boire que de l'Évian fraîche et ne manger que certaines saveurs de Gourmet servies sur des plats spécifiques et selon son planning rigoureusement suivi bien que totalement inutile.

Je dois avouer que j'ai fini par l'aimer, ce que je n'aurais jamais cru possible. Ces temps-ci, j'apprécie même à peu près mon travail d'assistante juridique chez Fulton, Thompson et Associés. Tout est assez intéressant depuis que les Fulton ont brutalement quitté la ville et que notre cabinet a perdu son plus ancien associé.

Une compétition acharnée s'en est suivie pour savoir qui allait prendre sa place. Jusqu'à ce que M. Thompson décide qui il souhaite promouvoir, nous sommes simplement Thompson et Associés. De nombreux candidats — à la fois de notre cabinet et de l'extérieur — sont passés par nos bureaux dans l'espoir d'obtenir le poste convoité dans le cabinet d'avocats le plus respecté de Blueberry Bay, mais Thompson a des difficultés à choisir.

Je le comprends. Je ne voudrais certainement pas être à sa place.

Notre cabinet est maintenant tristement célèbre après le meurtre surprenant impliquant un des associés et sa famille. Tout le monde veut un scoop, mais M. Thompson a été très clair : nous ne devons pas parler de ce qui est arrivé.

En attendant, il a engagé un nouvel associé pour faire face à la charge de travail. Charles Longfellow III est arrivé avec de très bonnes recommandations, un superbe CV et une beauté encore plus impressionnante que le reste.

Cela fait un moment que je n'ai pas eu de béguin, mais bon sang, j'en pince pour Charlie. Il a d'épais cheveux ondulés qui tombent parfaitement en une vague sombre sur son front. Il est grand, du genre *peut-être a-t-il joué au basket au lycée, mais sans doute pas à l'université*, on pourrait facilement se perdre dans ses yeux vert foncé. Je le sais, parce que ça m'est déjà arrivé plusieurs fois.

Oui, bien que je préfère généralement les livres aux garçons, je suis souvent très perturbée quand Charles est à proximité. C'est sans doute la raison pour laquelle j'ai fait une erreur aussi colossale…

Maintenant, on me fait du chantage concernant mon plus grand secret : le fait que je sache parler aux animaux.

Et le pire dans tout ça ? Ça ne me déplaît pas.

Je devrais sans doute commencer par le début, hein ?

Bon, c'est parti...

* * *

Octo-Chat m'a appelée sur FaceTime juste avant midi. J'étais au bureau, bien sûr, mais comme il savait qu'il ne devait pas me contacter, sauf en cas d'urgence, je décidai d'interrompre mes recherches et de répondre. De plus, presque tout le monde avait quitté le cabinet pour une réunion à déjeuner, me laissant plus ou moins seule dans le bâtiment.

— De quoi as-tu besoin ? demandai-je après avoir scruté les locaux.

Normalement, je prenais les appels d'Octo-Chat dans les toilettes, mais un des associés adjoints y était resté pendant au moins une demi-heure avant de partir... et je voulais éviter le désastre qu'il avait laissé derrière lui.

— Il y a une mouche dans mon Évian, se plaignit mon chat avec un miaulement aigu.

Je vis que son visage était complètement scandalisé lorsqu'il se pencha près de la caméra.

— Oh, pauvre de toi, dis-je gentiment en levant les yeux au ciel juste en dehors de sa vue.

Octo-Chat était véritablement trop gâté pour son propre bien, mais d'un autre côté, je recevais un salaire mensuel de cinq mille dollars pour m'occuper de lui, alors je ne pouvais pas trop me plaindre.

— C'est exactement ce que je pensais, répondit-il avec une grimace et un soupir. J'ai besoin que tu rentres immédiatement à la maison pour rectifier la situation.

— Je ne peux pas. Je suis au travail, lui rappelai-je avec mon propre soupir harassé tout en cliquant nonchalamment sur les emails de ma messagerie trop pleine.

Octo-Chat grogna quand il remarqua qu'il n'avait pas toute mon attention.

— Je pensais que tu n'étais censée travailler qu'à mi-temps, maintenant?

Pourquoi devais-je constamment expliquer mes choix de vie à un chat? De toute façon, il se souvenait rarement de ce que je lui disais. Nous avions eu cette même conversation sur mon travail au moins trois fois, déjà. La répéter maintenant me semblait être un exercice de la plus pure futilité.

Malgré tout, il était plus facile de lui expliquer une fois de plus que de gérer un de ses caprices.

— Oui, techniquement je suis à mi-temps, expliquai-je patiemment. Mais je dois donner un coup de main jusqu'à ce que Thompson engage enfin un nouvel associé. Il y a beaucoup de travail ici et malheureusement, je n'ai pas le temps de passer à la maison et de te servir un nouveau bol d'eau. Je suis désolée.

Il fronça les sourcils, prêt à se battre pour une chose aussi simple.

— Mais n'as-tu pas un salaire mensuel généreux pour faire en sorte que je reçoive les soins auxquels je suis habitué? Je ne suis absolument pas habitué à avoir une mouche qui agite toutes ses pattes en nageant dans mon Évian.

Encore une fois, il était plus facile de céder que d'argumenter pendant des heures ou des jours.

— *Argh*, très bien. Je vais demander à Mamie de passer te servir de l'eau. Ça te va?

Il bâilla, ce qui m'irrita encore plus.

— Pas exactement. Il me faudra des jours pour me remettre de cet événement horrible. Peux-tu faire savoir à Mamie qu'il faut jeter le bol contaminé?

— Tu es un chat, dis-je en serrant les dents. Tu es censé être un chasseur redoutable, pas un bébé pourri gâté. Tu sais, les autres chats…

— Angie? dit une belle voix profonde au milieu de notre conversation.

Oh, non, non, non. Tout le monde devait être parti!

Je me tournai sur ma chaise et je découvris Charles Longfellow III en personne derrière moi, fixant bouche bée l'image d'Octo-Chat sur l'écran de mon téléphone qu'il voyait par-dessus mon épaule.

— Euh, salut, Charles.

Je gloussai nerveusement en appuyant sur le bouton pour mettre fin à notre appel, mais c'était trop tard. Il avait déjà vu et entendu plus qu'assez pour découvrir mon secret. Le mieux que je pouvais espérer maintenant, c'était qu'il pense que l'un de nous était devenu fou. Ou les deux.

Il me regardait comme si je venais de me faire pousser une deuxième tête, ce qui était bon signe. C'était peut-être moins étrange que ce qu'il venait de surprendre.

— Est-ce que tout va bien? demanda-t-il en levant un épais sourcil dans ma direction.

L'air me sembla soudain devenir rare, comme si le bureau venait d'être transporté au sommet de la montagne la plus proche.

Je hochai la tête, souhaitant désespérément que Charles s'en aille et qu'il arrête de m'interroger.

— Parfaitement bien, merci, mentis-je en regrettant de ne pas avoir hérité des légendaires talents d'actrice de Mamie.

En l'occurrence, je voyais que mon collègue n'était pas berné par mes tentatives pour minimiser la situation.

Effectivement, sa voix dégoulina de sarcasme lorsqu'il dit :

— Vraiment ? Parce qu'on aurait dit que ton chat avait besoin d'aide avec son…

Un sourire délicieux s'étala sur son visage, s'étirant d'une pommette haute jusqu'à l'autre.

— Évian ? C'est bien ça ?

Ma mâchoire tomba, mais aucun mot n'en sortit pour expliquer l'étrange spectacle dont mon béguin venait d'être témoin.

— Alors ? insista-t-il en écarquillant les yeux. Étais-tu en pleine conversation avec ton chat, ou pas ?

Je fis passer une mèche de cheveux derrière mes oreilles et je déglutis avant de bafouiller ma réponse.

— Euh, je l'appelle parfois quand je ne suis pas à la maison. Il souffre d'angoisse de la séparation, alors…

Je lui fis mon sourire le plus mielleux, mais il ne sembla pas fonctionner. J'étais gravement surpassée par le sien.

— Mais on aurait dit qu'il te répondait, insista Charles. Comme si vous aviez une véritable conversation l'un avec l'autre.

Je clignai des paupières en bafouillant :

— Quoi? Non, ne dis pas n'importe quoi. Je ne peux évidemment pas parler aux animaux. Je veux dire, qui le peut?

— Toi, apparemment, dit Charles en plissant les yeux.

Manifestement, il n'allait pas me lâcher tant que je ne révélais pas l'unique chose que je voulais le plus cacher.

J'avalai l'énorme boule qui s'était maintenant coincée dans ma gorge, puis je partis d'un rire hystérique.

— *Je t'ai eu!* Je n'arrive pas à croire que tu aies cru à ma petite plaisanterie de bureau!

Charles fourra les deux mains dans ses poches et se balança d'avant en arrière sur ses talons, tout en ne disant rien.

Oh, non. Pourquoi ne disait-il rien?

Mon cœur galopait comme un étalon sauvage alors que mon rire nerveux s'estompait.

— Tu viens avec moi, dit-il.

— Quoi?

Je croisai les bras d'un air de défi.

— Non. J'ai trop de travail à rattraper ici.

Il posa les mains sur mon bureau et se pencha de sorte que nos visages ne se trouvent qu'à quelques centimètres l'un de l'autre. Dans presque n'importe quelle autre circonstance, j'aurais apprécié voir son beau visage si près du mien.

Mais là ? J'étais absolument terrifiée.

— Tu m'accompagnes, répéta-t-il avec un sourire diabolique. Sauf si tu veux que je raconte ce que j'ai vu à tout le monde.

Je déglutis.

— Tout le monde ?

— *Tout le monde*, confirma-t-il avant de se redresser et de remettre sa cravate d'aplomb.

Complètement stupéfaite et incapable de voir une alternative, je me levai pour rejoindre Charles.

— Excellent, dit-il en me conduisant jusqu'à la porte et en me faisant signe de passer.

Je me retournai pour l'examiner.

— Où allons-nous ?

— Chez moi, répondit-il froidement pendant que nous traversions le parking jusqu'à sa voiture.

Charles ne m'avait encore jamais invitée nulle part, surtout pas chez lui. Malheureusement, quelque chose me disait que je n'allais pas du tout aimer ce qui m'attendait là-bas.

2

Environ cinq minutes après avoir quitté le cabinet, Charles gara la voiture près d'un immeuble de Cliffside. Je fus surprise de découvrir qu'il vivait dans un de ces appartements bon marché au lieu des plus jolis de l'autre côté de la ville. Normalement, Cliffside abritait les étudiants nouvellement diplômés ou les gens de passage.

En tant qu'avocat, Charles pouvait facilement se permettre un endroit plus agréable... et plus sûr. Les crimes étaient rares à Glendale, mais quand il y en avait, neuf fois sur dix, ils se produisaient là. En tant qu'avocat dans les affaires pénales, il voulait sans doute être plus proche de sa clientèle. Malgré tout, notre cabinet s'occupait surtout des crimes financiers.

Avec ses moquettes tâchées et la peinture qui s'effritait, Cliffside était bien loin de la finance.

Puisque Charles vivait ici, n'avait-il pas l'intention de rester définitivement à Blueberry Bay? Ne faisait-il que passer comme tant d'autres dans cet amas d'immeubles délabrés?

Même s'il me faisait plus ou moins du chantage, j'espérais qu'il reste de façon plus permanente. Je l'appréciais encore et je préférais sa compagnie à celle des autres collègues du cabinet. Dernièrement, Bethany et moi avions forgé une sorte d'amitié hésitante, mais nous avions souvent des difficultés à nous comprendre. Nous venions simplement de deux mondes très différents.

Malgré son nom très chic, Charles et moi n'étions peut-être pas si différents, finalement. Non, je n'avais pas grandi dans la pauvreté, mais Mamie m'avait éduquée pour que je reste modeste alors que d'autres me couvraient de compliments. Son mantra avait toujours été que la scène était pour les stars et que la vie réelle était pour les gens réels.

Charles avait peut-être grandi selon les mêmes préceptes, même si Cliffside était un peu plus ancré dans la « vie réelle » que je l'aurais voulu.

Il avait gardé la bouche fermée pendant tout le

trajet et resta silencieux en me guidant dans les escaliers jusqu'au troisième étage.

— C'est ici, dit-il en faisant tourner sa clé dans la porte.

Je haussai les épaules et je le suivis à l'intérieur.

Nous fûmes immédiatement accueillis par un chien surexcité qui aboyait et qui fut si enthousiaste de nous voir qu'il fit pipi sur le sol à nos pieds.

— Pardon pour ça! cria Charles en attrapant un rouleau d'essuie-tout sur un comptoir à côté de là. Il est un peu trop excité, parfois.

— Tu m'en diras tant.

Je tapotai poliment le petit chien sur la tête, mais je résistai à l'envie de le soulever, car je n'étais pas d'humeur à ce qu'on me fasse pipi dessus aujourd'hui.

Quelque chose me paraissait bizarre. Charles était en ville depuis plus d'un mois, mais un rapide coup d'œil dans son appartement révéla plus de cartons fermés que de meubles ou d'objets de décoration. Alors, comment pouvait-il déjà avoir un chien? Et que faisait celui-ci toute la journée pendant que Charles travaillait les longues heures que Thompson exigeait de tous ses associés?

Charles termina de nettoyer le bazar, se lava les

mains et me fit signe de m'installer sur le futon posé contre le mur du salon.

— Où sont toutes tes affaires ? demandai-je sur le ton de la conversation, me sentant un peu angoissée quand il s'assit à côté de moi sur le matelas bien trop court.

Le terrier sauta pour s'installer à côté de nous quand Charles tapota le futon.

Il se contenta de hausser les épaules, ne semblant pas du tout embarrassé par ma question.

— J'ai tout vendu avant de déménager à l'est et je n'ai pas eu le temps de récupérer beaucoup de choses depuis mon arrivée.

C'était logique. Il était venu dans le Maine depuis la Californie et d'après ce que je savais, il n'avait pas de famille dans le coin. Je ne comprendrais jamais pourquoi il avait voulu quitter la météo ensoleillée pour venir s'enterrer dans une petite ville du Maine, mais j'étais heureuse de l'avoir ici, à Blueberry Bay.

Le petit chien fit de joyeux petits cercles en courant des genoux de Charles jusqu'aux miens, puis dans l'autre sens et ainsi de suite. Le pauvre chien était apparemment privé de l'attention régulière dont il avait besoin.

— Si tu es si occupé, pourquoi as-tu un chien ? Ce n'est pas vraiment juste pour lui.

Je ne voulais pas sembler l'accuser, mais grâce à Octo-Chat je savais très bien que les animaux détestaient être laissés seuls toute la journée pendant que leurs propriétaires menaient leur vie à l'extérieur de la maison. Ce n'était pas étonnant que le petit gars ait fait pipi sur le sol dès que Charles avait passé la porte.

— Non, je ne l'ai que depuis peu, dit-il en fronçant les sourcils. Et avant que tu puisses dire autre chose, je sais que je n'ai pas le temps pour un chien, mais... eh bien, c'est une longue histoire, et c'est pour cela que je t'ai demandé de venir.

Maintenant, il avait piqué ma curiosité, mais je devais d'abord clarifier une chose.

— Tu ne m'as pas demandé de venir, rectifiai-je avec un regard appuyé. Tu m'y as forcé.

Son visage se renfrogna.

— Je suis désolé. Vraiment, je le suis. C'est juste... je ne savais pas comment te faire venir autrement et je suis assez désespéré.

Il avait au moins la décence de paraître gêné, désormais.

Je hochai la tête, même si je ne comprenais pas vraiment de quoi il parlait pour l'instant. Il était évident qu'il ne savait pas que j'aurais volontiers accepté de le suivre n'importe où si seulement il me l'avait demandé gentiment.

Charles caressa le chien brun et gris au pelage soyeux et se lança dans son histoire.

— Voici Yo-Yo. Il n'est pas à moi. Je l'ai trouvé, à vrai dire.

Je passai immédiatement en mode de résolution de problèmes.

— Depuis combien de temps? As-tu appelé le refuge? Je suis certaine qu'il manque vraiment à quelqu'un qui doit espérer son retour.

Charles secoua la tête et s'éclaircit la gorge en me jetant un coup d'œil avant de regarder Yo-yo et de dire :

— Non. Ses propriétaires sont morts.

Je m'écartai un peu plus de lui sur le futon.

— Quoi? Comment peux-tu le savoir si c'est un chien que tu as trouvé?

— Grâce à l'adresse inscrite ici.

Il montra la plaque accrochée au collier du yorkie.

— Et je sais que ses propriétaires sont morts parce que je défends la personne accusée de leur meurtre.

Bon, j'en avais entendu plus qu'assez, maintenant. En sautant du futon, je criai :

— Wow, wow, wow. Je n'ai peut-être pas juré d'avoir un comportement éthique, mais ça ne me semble vraiment, vraiment pas bien. Qu'espères-tu obtenir en gardant ce pauvre chien en otage?

Charles se leva également en serrant Yo-yo contre son torse avec un bras et en tendant l'autre vers moi. Je m'écartai avant qu'il puisse me toucher. Je n'avais surtout pas besoin que mes hormones complètement folles interviennent.

— Mon client n'a pas tué les propriétaires de Yo-yo, dit-il avec des yeux qui me suppliaient de le comprendre. Il est innocent.

— Oui, tout le monde clame son innocence, mais tu sais quoi? En général, les gens sont coupables.

J'envisageai brièvement d'attraper Yo-yo et de partir en courant. Ce pauvre petit chien. D'abord ses propriétaires avaient été assassinés, puis d'une façon ou d'une autre, il avait atterri chez l'homme qui défendait leur tueur.

— Non, ce n'est pas ça, insista Charles. Je sais qu'il ne l'a pas fait, mais les preuves semblent le désigner. Comme je l'ai dit, je suis désespéré. Alors, quand je t'ai vue parler à ton chat, je me suis dit que peut-être, juste peut-être, tu pouvais être la réponse à mes prières. Tu pouvais sauver un homme innocent de la prison et m'aider à obtenir la justice pour les propriétaires de Yo-yo.

J'hésitai à nier mes capacités, à expliquer que ce qu'il me demandait était impossible, mais Charles semblait si malheureux… et Yo-yo choisit aussi précisément ce moment pour gémir et me regarder avec ses petits yeux brillants...

— *Argh*, d'accord! criai-je en me laissant retomber sur le futon. Je vais voir ce que je peux faire.

Je vis le soulagement sur le visage de Charles quand il s'installa à côté de moi.

— Merci. Tu me sauves la vie!

— Oui, eh bien, je n'ai encore rien fait pour le moment, grommelai-je.

Cette situation me déplaisait au plus haut point.

— Le fait que tu acceptes d'essayer est déjà énorme, dit Charles.

Pendant un instant fugace, quelque chose passa de l'un à l'autre.

De l'amour?

Du désir?

Ce lien spécial entre un maître chanteur et sa victime?

Vraiment, je ne savais pas quoi.

Il se releva, puis il posa Yo-yo sur le matelas à côté de moi. Le chien sauta sur mes genoux où il commença immédiatement à me lécher le visage, agitant la queue à chaque coup de langue.

— Hé, Yo-yo, dis-je en me sentant vraiment peu sûre de moi.

Le seul animal avec lequel j'avais véritablement

eu une conversation, c'était Octo-Chat et il m'avait parlé le premier. Cette situation avec Yo-yo me semblait insensée, pas naturelle et très gênante en comparaison. Malgré tout, je devais essayer pour le bien de Charles et de son client. Et pour Yo-yo également.

— J'ai appris que tu avais perdu tes propriétaires, dis-je lentement et calmement. Peux-tu me dire ce qui est arrivé?

Le yorkie continua à me lécher le visage sans ralentir. Je le soulevai donc et je le posai sur le sol pour voir s'il allait mieux se concentrer.

— Qu'est-il arrivé à tes propriétaires? demandai-je encore. Ont-ils été assassinés par quelqu'un?

Yo-yo aboya joyeusement et sauta à nouveau à côté de moi sur le futon. Il décida que c'était le bon moment pour couvrir ma main de bave.

— Qu'a-t-il dit? demanda Charles avec empressement.

Ça rendait toute la situation encore plus frustrante. J'avais toujours détesté décevoir les gens. Oui, même ceux qui me faisaient du chantage, je suppose.

— Il a aboyé, dis-je simplement.

— Oui, mais qu'est-ce que ça signifiait?

— Je ne sais pas, avouai-je franchement.

Il se décomposa.

— Mais je pensais que tu savais parler aux animaux ?

— Je parle à mon chat, mais c'est tout.

— Alors pourquoi ne veux-tu pas parler à Yo-yo ?

C'était la question à cent mille dollars. J'avais arrêté de remettre en question ma santé mentale quant à ma capacité à parler à Octo-Chat, mais je ne savais toujours pas pourquoi je pouvais parler avec lui ou jusqu'où s'étendaient mes pouvoirs.

Je levai les mains en haussant les épaules.

— Je ne sais pas, mais j'essaie.

— Eh bien, essaie mieux, insista-t-il. C'est vraiment, vraiment important.

— C'est ce que je fais, maugréai-je en serrant les dents avant de me retourner vers Yo-yo avec mon expression de visage la plus agréable. Salut, petit gars. Si tu pouvais me parler, cela nous aiderait beaucoup. Tu pourrais commencer par me dire ce que tu penses vraiment du type avec lequel tu vis maintenant ?

Je montrai Charles du pouce et je fis une grimace. Yo-yo attrapa alors mon pull et tira fermement dessus.

— Hé, arrête ! criai-je, mais il tira encore plus fort.

Quand je parvins enfin à éloigner mon pull de ses dents, il avait été étiré au-delà de toute réparation. Je me levai afin qu'il ne puisse pas détruire d'autres parties de moi avant que nous ayons terminé ici.

— Qu'a-t-il dit ? demanda Charles avec des yeux sombres pleins d'espoir.

— Il dit que tu as demandé à la mauvaise personne, répondis-je. Et qu'il aimait mon pull, mais qu'il pensait quand même que celui-ci méritait une mort horrible et soudaine.

D'un ton impassible, Charles ajouta :

— Exactement comme ses propriétaires, hein ?

D'accord, maintenant je me sentais mal, mais ça ne changeait rien à mon incapacité à parler avec Yo-yo. J'avais essayé. Ça n'avait pas fonctionné. Il était temps de passer à autre chose.

— Je ne sais pas ce qu'il a dit ni même s'il a dit quelque chose, expliquai-je en espérant que Charles me croie enfin. Je suppose que je ne sais pas parler aux chiens.

— Mais tu sais parler aux chats ?

Je haussai les épaules d'un air évasif, mais il sembla l'interpréter comme un assentiment.

— Super, dit-il en fouillant dans un tiroir en bazar avant d'en sortir une longue laisse noire. Allez viens, Yo-yo. Nous allons nous promener, cria-t-il d'une voix légèrement plus aiguë qui me fit oublier mon irritation pour l'instant... mais seulement pendant un court instant. Veux-tu venir faire une balade ?

— Et je vais retourner au travail, dis-je en avançant lentement vers la porte. Tu pourras me déposer en chemin.

— Désolé, je ne peux pas, répondit Charles pendant que le yorkie tournait en rond dans l'appartement en aboyant pour exprimer son enthousiasme. Nous avons besoin que tu nous accompagnes.

Je croisai les bras et je les dévisageai avec méfiance.

— Pourquoi ?

— Parce que nous allons chez toi pour parler à ton chat, expliqua Charles en attrapant Yo-yo et en lui accrochant la laisse.

Chez moi ?

Crotte. Octo-Chat n'allait pas du tout apprécier.

3

Moins de trois kilomètres s'étiraient entre l'immeuble de Charles et ma maison de location, alors il ne fallut pas longtemps pour passer d'un endroit à l'autre.

J'ouvris la porte et je découvris Octo-Chat qui m'attendait avec un air euphorique.

— Enfin ! cria-t-il. J'ai eu tellement soif.

Son euphorie se transforma vite en indignation quand Yo-yo se fraya un chemin dans la maison et fit un gros baiser baveux sur le nez d'Octo-Chat.

Charles tira sur la laisse, puis souleva le chien.

Octo-Chat tremblait de fureur pendant qu'une goutte de bave coulait le long de sa tête jusqu'au tapis au-dessous.

— Pourquoi m'infliges-tu cela ? N'ai-je pas déjà

traversé assez d'épreuves aujourd'hui? D'abord la mouche et maintenant un-un-un *chien*?

Il cracha ce dernier mot comme si c'était la pire injure qu'il pouvait imaginer.

— Que dit-il? demanda Charles, captivé.

— Il est fâché contre moi, avouai-je. Et il n'est pas non plus ravi par la présence de Yo-yo.

Octo-Chat fit le dos rond et siffla.

— Je ne te le fais pas dire, maugréa-t-il avant de sauter sur la table de la cuisine.

— Donne-moi juste une minute, chuchotai-je à Charles avant de rejoindre mon chat furieux dans la cuisine.

Octo-Chat fit un énorme bond depuis la table jusqu'au plan de travail, puis il s'assit en agitant violemment la queue.

— Incroyable, grogna-t-il sans même me regarder.

Je savais que ce n'était pas bien, mais je devais obéir au souhait de Charles. Si quelqu'un d'autre découvrait ma capacité spéciale à communiquer avec les chats, j'allais perdre mon travail, être ridiculisée et potentiellement devoir quitter l'endroit où j'avais toujours vécu pour recommencer ma vie avec une réputation irréprochable.

Avec un peu de chance, Octo-Chat allait finir par comprendre que je n'avais pas le choix après quelques explications supplémentaires. Cependant, je devais d'abord trouver un moyen de donner ce qu'il voulait à Charles. Ensuite, une fois la menace au-dessus de ma tête éradiquée, Octo-Chat pouvait recommencer à m'en vouloir pour les raisons habituelles.

J'attrapai une nouvelle bouteille d'Évian et une tasse en porcelaine propre dans le placard. La tasse venait d'un service que nous avions hérité de feu sa propriétaire Ethel. Elle était utilisée dans l'unique but d'offrir ses libations quotidiennes à Octo-Chat. Après lui avoir présenté l'eau fraîche, je me dépêchai de me débarrasser de la mouche morte.

Il lapa le liquide une fois, puis il trottina vers ma chambre sans même un remerciement.

— Avec plaisir! criai-je en lui jetant un regard noir.

Bon sang, j'avais l'impression que personne ne m'appréciait aujourd'hui.

— Et maintenant? demanda Charles en se penchant pour détacher la laisse de Yo-Yo.

— Non, attends, criai-je, mais c'était malheureusement trop tard.

Le yorkie fila immédiatement vers ma chambre en aboyant hystériquement tout le long. Un mélange terrible de sifflements – grognements – miaulements résonna dans toute la maison et une seconde plus tard, Octo-Chat apparut avec la queue si ébouriffée qu'elle ressemblait à celle d'un raton laveur.

— Attrape-le! hurlai-je à Charles, qui bondit vers l'animal agité et le rata.

— Hé, Yo-Yo! appelai-je en fonçant vers la cuisine. Tu veux une friandise?

Le yorkie se retourna immédiatement et trottina derrière moi en lâchant une joyeuse série d'aboiements aigus. J'ouvris le frigo et j'attrapai une tranche de jambon à lui offrir juste au moment où Charles parvint à rattacher la laisse sur son collier.

— Eh bien, quelle expérience, dit-il avec un petit rire las.

— Si j'étais toi, ça ne me ferait pas rire; il va me falloir une éternité pour que mon chat me pardonne maintenant.

Charles me fixa, perplexe.

— S'il ne veut pas me pardonner, il ne t'aidera pas non plus. Ignores-tu donc tout des chats? grommelai-je, alors que quelques mois auparavant, je ne les connaissais pas vraiment non plus.

Il me sembla adéquatement puni lorsqu'il laissa tomber sa tête et poussa un énorme soupir.

— Pardon. Que pouvons-nous faire?

— Nous n'allons rien faire pour l'instant. Toi, tu vas emmener Yo-yo à l'extérieur et je suppose que je vais aller proposer mon premier-né dans une ultime tentative pour qu'Octo-Chat m'adresse la parole.

Charles commença à sourire, mais il s'arrêta vite en voyant mon visage extrêmement sérieux.

— Euh, d'accord. Allez viens, Yo-yo, dit-il en tirant le petit chien vers la porte.

— Ne rentrez pas tant que je n'ai pas dit que c'est bon, criai-je dans leur dos.

— Ça ne sera jamais bon, siffla Octo-Chat en émergeant de l'endroit où il s'était apparemment caché. Pourquoi m'as-tu infligé ça ?

Je m'empresse de lui expliquer :

— Je suis désolée. Je ne le voulais pas. Il m'a obligée.

Octo-Chat agita la queue, qui avait plus ou moins retrouvé une taille normale.

— Tu m'as donc vendu pour un beau visage, cria-t-il. Je pensais que nous étions amis ! Je pensais que nous étions une famille !

Mon cœur se serra. Normalement, son côté théâtral ne me touchait pas, mais ce reproche me blessa profondément. Voilà ce que j'obtenais en avouant mon béguin du travail à mon chat. Heureusement, il était de plus en plus doué pour différencier les humains et il devinait correctement leur sexe quatre fois sur cinq, désormais. Bien sûr, quand j'avais besoin qu'il identifie un meurtrier, il était complète-ment inutile, mais pour voir qui était mon béguin, là, ça ne lui posait aucun problème.

— Je ne voulais pas, répétai-je. Il nous a surpris pendant notre appel en visio et il m'a forcée à l'aider.

Octo-Chat eut un rire dédaigneux.

— Alors comme ça, il t'a surpris. Dans ce cas, tu n'avais qu'à mentir ! Sérieusement, Angela, ce n'est pas si difficile.

Il utilisait rarement mon prénom et encore plus rarement la forme complète. Oh oui, j'avais de sérieux problèmes maintenant. Demain, quelqu'un allait certainement se réveiller pour découvrir du vomi dans ses chaussures... et malheureusement, cette personne, c'était moi.

— Écoute, dis-je en essayant de le raisonner. Même si tu avais géré les choses différemment, voici où nous en sommes. Charles veut que nous parlions à ce chien pour apprendre comment ses propriétaires sont morts. Cela lui permettra de mieux défendre son client qui est faussement accusé de leur meurtre.

Octo-Chat hocha la tête tout en maintenant un regard froid et sévère. Dernièrement, il avait regardé beaucoup de rediffusions de *New York : Unité Spéciale* afin de mieux comprendre mon travail, et j'étais ravie de voir qu'il avait appris suffisamment de choses pour comprendre le jargon légal qui expliquait la situation.

— D'accord, très bien, dit-il après avoir réfléchi un instant. Mais pourquoi n'as-tu pas simplement parlé au chien toi-même? Pourquoi avais-tu besoin de m'entraîner au milieu de ce cirque?

— Parce que... je gémis en regrettant qu'il ne me prenne pas au mot au moins une fois dans nos vies. Je ne comprends pas Yo-yo et je ne pense pas qu'il me comprenne, lui non plus.

— Encore une fois, pourquoi ne pouvais-tu pas mentir? Bon sang, Angie, invente une excuse afin que nous puissions tous passer à autre chose.

Bien, c'était bon de savoir que mon chat n'avait aucun problème pour mentir afin de sortir d'une situation délicate. Cependant, ma moralité était moins douteuse. De plus, j'avais déjà essayé de mentir à Charles et ça n'avait pas fonctionné.

Je commençais sérieusement à m'inquiéter des ramifications de ma pause déjeuner. Combien de temps s'était écoulé? Thompson et les autres partenaires étaient-ils retournés au bureau et avaient-ils déjà remarqué mon absence?

— Je ne vais pas lui mentir, dis-je en choisissant le droit chemin. Surtout pas pour une affaire. Et si son client était vraiment innocent? S'il devait passer le reste de sa vie en prison parce que mon mensonge avait mis le dossier en péril? Ouais, non merci.

Octo-Chat gémit et leva les yeux au ciel, un nouveau comportement humain qu'il avait copié sur moi.

— Alors quoi? Tu as besoin que je traduise parce que tu ne sais pas parler le chien?

— Oui, s'il te plaît.

Je serrai les mains devant moi. Je n'avais pas peur de me rabaisser à le supplier et Octo-Chat adorait me voir ramper.

Il afficha un air suffisant en me regardant de haut. Cela le fit loucher et je dus me forcer à ne pas rire.

— Tu sais que les chiens ont un langage bien plus simple que les chats. Cela correspond à leurs esprits simples. Si tu me comprends, alors tu devrais tout à fait être capable de discuter avec l'imbécile là-bas.

— Tu m'aideras donc? demandai-je en priant qu'il voie comme j'avais besoin de lui.

— Très bien, je vais t'aider, grogna-t-il. Mais tu m'en dois une. *Vraiment*.

Je filai jusqu'à la porte pour faire entrer Charles et Yo-yo avant que mon chat puisse changer d'avis.

— Garde-le en laisse, cette fois, conseillai-je lorsqu'ils repassèrent le seuil de ma maison. Ou mieux encore, sur tes genoux.

Charles s'installa sur le canapé de mon salon avec le chien perché sur ses genoux.

— Et maintenant ? demanda-t-il lorsque je m'installai dans mon fauteuil.

— Tout d'abord, promets-moi que tu ne parleras de ceci à personne.

Il hocha la tête en acquiesçant avec enthousiasme.

— Oui, je le promets.

— Bien. Maintenant, souviens-toi que je ne sais même pas si cela va fonctionner, mais donne-moi quelques minutes et nous pourrons le découvrir.

Charles resta silencieux et continua à me fixer. Apparemment, Octo-Chat lui faisait un peu peur, et cela m'allait très bien.

Je me tournai vers mon compagnon tigré :

— Peux-tu s'il te plaît demander à Yo-yo ce qui est arrivé à ses propriétaires ?

Octo-Chat sauta sur la table basse et se tourna vers le chien perché sur les genoux de Charles avant de répéter la question.

Yo-yo fit un petit aboiement joyeux et il se mit à haleter, ce que mon chat traduit par :

— Il dit que ses propriétaires sont les meilleures personnes du monde entier et que le type chez qui il loge en ce moment est gentil, mais que sa famille lui manque et qu'il veut rentrer chez lui.

— Il a dit tout cela ?

Il fallait au moins dix fois plus de temps à Octo-Chat pour traduire cela qu'il n'en avait fallu à Yo-yo pour le dire.

— Je te l'ai dit, répéta Octo-Chat avant de faire une pause pour se lécher la patte. La langue des chiens est incroyablement simple. Ce qu'il a vraiment dit se traduit par « meilleurs, manque », mais quand on communique avec les chiens, il faut ajouter un degré d'enthousiasme ridicule pour les comprendre. C'est épuisant, vraiment.

— Que disent-ils ? demanda Charles.

— *Chut*, sifflai-je en même temps qu'Octo-Chat.

Charles s'affala à nouveau sur le canapé et il nous regarda avec un mélange de fascination et de crainte.

En me retournant vers mon chat, je fis une autre requête :

— Peux-tu s'il te plaît lui demander s'il était présent quand ses propriétaires ont été assassinés ?

Quand Octo-Chat transmit ma question, Yo-yo laissa échapper une longue série de hurlements et il griffa les genoux de Charles en essayant de s'échapper, complètement paniqué.

— Oh non, qu'est-il arrivé ? criai-je en même temps que Charles demandait :

— Que se passe-t-il ?

Je regardai Octo-Chat en attendant une explication.

Le chat écarquilla les yeux en révélant :

— Il dit que ses propriétaires ne sont pas morts et que prétendre le contraire est une plaisanterie méchante et horrible.

Planifier une défense pour le client de Charles en utilisant Yo-yo ne fut plus qu'un lointain souvenir. On aurait dit que le petit chien se faisait assassiner lui-même simplement en lui posant une question sur leur mort. Comment pouvions-nous obtenir des informations utiles de sa part s'il ne savait même pas qu'ils étaient morts ?

Une chose était certaine : je n'avais pas l'intention de briser le cœur de ce pauvre petit chien adorable.

4

J'observais, impuissante, alors que Charles se passait les mains dans les cheveux avec angoisse.

— Je ne sais vraiment plus quoi faire, avoua-t-il avec un grognement guttural. Quand j'ai vu ce dont tu étais capable, je me suis dit que c'était le destin, que tu étais là pour m'aider à défendre cette affaire.

Je me penchai en avant dans mon fauteuil et je posai une main consolatrice sur son genou. C'était la seule part de lui que je pouvais atteindre et malgré tout, ce léger contact envoya un petit frisson depuis le bout de mes doigts jusqu'à ma poitrine.

— Je peux éventuellement trouver un autre moyen de t'aider. Cependant, il y a encore une chose qui ne me semble pas vraiment logique.

Il leva la tête pour me regarder. Plusieurs rides apparurent sur son front pendant qu'il attendait ce que j'avais à dire.

Je m'éclaircis la gorge avant de demander :

— Si tu es tellement certain de l'innocence de ton client, comment se fait-il que tu n'aies aucune défense pour lui... en dehors de parler au chien des victimes ?

Il se laissa retomber contre le dossier du canapé et passa encore la main dans les cheveux, embaumant l'air de l'odeur de savon et de pin.

— Parce que tout le monde a déjà décidé qu'il était coupable.

— Sauf toi.

Charles soupira.

— Apparemment.

— D'accord, alors aide-moi à comprendre. Peux-tu m'en dire plus sur ce qui est arrivé et pourquoi tout le monde est si convaincu par la culpabilité de ton client ? En outre, j'aimerais beaucoup savoir comment tu as fini avec ce chien.

Octo-Chat s'installa sur le fauteuil à côté de moi.

— À vrai dire, j'aimerais beaucoup le savoir aussi.

Nous attendîmes tous les deux pendant que Charles reprenait ses esprits afin de nous raconter l'histoire.

— S'il commence par « c'était une nuit sombre et orageuse », je vais vomir, fit remarquer Octo-Chat en poussant un bâillement exagéré.

— Tais-toi, dis-je au chat impatient à côté de moi avant de jeter un regard d'excuses à Charles. Pardon. Continue.

Il pencha la tête et nous examina tous les deux.

— Qu'a-t-il dit ?

— Tu ne veux pas le savoir, marmonnai-je en caressant Octo-Chat avec plus de force que ce qu'il aimait normalement, ce qui était ma façon de lui lancer un avertissement silencieux.

Charles laissa traîner son regard sur Octo-Chat en se lançant dans la description du meurtre.

— C'est arrivé le matin. Les victimes – qui s'appelaient Bill et Ruth Hayes – venaient juste de mettre leur maison sur le marché. Apparemment, l'offre avait déjà été acceptée sur une nouvelle maison et ils avaient besoin de vendre vite l'ancienne, alors ce jour-là une opération porte ouverte était prévue. Je suppose qu'il y a rarement des propriétés en vente dans leur quartier, alors il y avait beaucoup de personnes intéressées. Une douzaine de couples au moins sont arrivés pour visiter l'endroit et l'un d'entre eux a découvert les corps des victimes cachées dans le placard de la chambre à coucher principale.

Je digérai tout cela avant de demander :

— D'accord, beaucoup de gens, cela signifie beaucoup de suspects potentiels. Pourquoi a-t-on accusé ton client ?

— Les experts de la scène de crime affirment qu'ils étaient morts depuis environ dix heures quand ils ont été découverts le lendemain matin, et c'est le marteau de mon client qui a été utilisé comme arme du crime. En dehors de sa sœur, il était une des seules personnes à avoir accès à leur maison et à connaître le code pour désactiver le système de sécurité.

Le visage de Charles était très sombre pendant qu'il racontait les détails. Plus j'en apprenais, plus les événements commençaient à me paraître familiers. On ne m'avait pas demandé de faire des recherches dans ce dossier pour le cabinet, mais j'avais entendu tous ces détails auparavant par une autre source…

— Attends, est-ce l'affaire Brock Calhoun ? Je l'ai vue partout dans les journaux.

J'ignorais si Charles savait que ma mère était la présentatrice du journal télévisé local et qu'elle était en partie la raison pour laquelle tout le monde supposait la culpabilité de son client. Je décidai de ne pas mentionner cela. Sinon, il n'allait jamais me laisser l'aider et il avait clairement besoin d'autant d'aide que possible.

Charles hocha la tête.

— Lui et sa sœur Breanne étaient chargés de la vente de la maison. Quelqu'un a utilisé le marteau de Brock pour tuer les deux propriétaires.

— Ouille. Oui. Ce n'est pas bon signe pour ton client.

Je respirai en serrant les dents et je jetai un coup d'œil à Yo-yo qui somnolait maintenant sur le plancher à côté des pieds de Charles. Heureusement qu'il ne comprenait pas ce que nous disions en ce moment. Personne n'a envie d'imaginer ses proches subissant une mort aussi violente, et ce yorkie en particulier ne semblait pas bien équipé pour gérer une image mentale aussi dure.

Charles observa également Yo-yo avant de me regarder dans les yeux.

— Comme je l'ai dit, tout le monde a déjà décidé qu'il était coupable et maintenant la communauté insiste pour qu'il y ait un procès rapide et une sentence exemplaire.

J'essayai de garder un visage neutre en demandant :

— Qu'est-ce qui te fait croire qu'il est innocent ?

— En partie, c'est le fait que les preuves sont essentiellement indirectes. Une autre raison, c'est que les gens semblent avoir décidé qu'il était coupable parce qu'il n'était pas la personne la plus agréable au lycée, et puis...

Il sembla hésiter à m'avouer la suite.

— Tu peux me le dire, tentai-je de le rassurer avec un sourire.

Il haussa les épaules.

— Eh bien, c'est juste le sentiment que j'ai quand je lui parle. Je sais qu'il me dit la vérité quand il affirme être innocent.

Je tapotai à nouveau son genou et je fis une grimace comique.

— Les bases de l'intuition, c'est quelque chose qu'ils apprennent en école de droit, maintenant?

Ma plaisanterie ne le fit même pas sourire.

Octo-Chat soupira et dit :

— Était-ce censé être drôle? Il faut vraiment t'acheter un livre sur les blagues.

Charles baissa la tête et continua à froncer les sourcils.

— Je sais que je suis nouveau en ville, mais ça me semble ridicule que le comportement d'un adolescent idiot d'il y a presque dix ans risque de tout coûter à ce type. Il a harcelé quelques camarades de classe? Et alors? Je veux dire, ce n'est pas génial, mais ce n'est pas non plus un meurtre.

Je hochai la tête. Brock avait un an de plus que

moi à l'école et oui, il avait été un vrai crétin, mais tout comme Charles, j'avais des difficultés à l'imaginer en meurtrier.

— Tu as dit que les Hayes ont été frappés à mort avec un marteau, n'est-ce pas? Cela ressemble beaucoup à un crime passionnel, à mon avis. Quelle raison pourrait avoir Brock de les tuer, particulièrement de façon si brutale et personnelle?

Charles sembla soudain un peu moins maussade.

— Jusqu'ici, c'est le cœur de ma défense : qu'il n'avait aucun mobile, même s'il avait les moyens et l'opportunité.

— Et la police n'aide pas?

Je repensai à ma rencontre avec l'officier Bouchard et sa partenaire quelques mois auparavant. Ils m'avaient sauvé la vie sans même hésiter un instant. La même force de police tournait-elle le dos à Brock alors qu'il avait besoin d'aide?

Charles rit amèrement.

— Si seulement. Après l'arrestation, ils ont plus ou moins arrêté de chercher. C'est vraiment le pire dans tout cela. Comment le système judiciaire peut-il faire son travail correctement si la police ne fait pas le sien?

— Oui, oui, oui, se plaignit Octo-Chat en agitant la queue avec emphase. Il ne révèle toujours pas le plus important. Comment cette petite menace canine a-t-elle fini chez lui ?

— Quelle est la place de Yo-yo dans toute cette histoire ? traduisis-je pour Charles en posant une main sur le chat.

— C'est le plus étrange. Il avait disparu le matin de la journée porte ouverte. Tout le monde a supposé qu'il s'était enfui, mais alors que je roulais dans le quartier des Hayes la semaine dernière, cherchant désespérément un indice ou une piste, je l'ai trouvé sur la terrasse : il attendait qu'on le laisse entrer.

D'accord, c'était bizarre, mais ça n'expliquait toujours pas pourquoi Charles l'avait gardé tout ce temps.

— Et tu as décidé que la meilleure chose à faire était de le voler ?

Il s'empressa de se défendre, mais je ne le crus pas.

— Non, non, bien sûr que non.

— Alors, pourquoi est-il toujours avec toi ?

— C'était déjà assez tard le soir, alors j'avais l'intention de le porter à la SPA le lendemain matin. Seulement, Thompson m'a fait venir tôt pour reprendre le dossier et j'avais vraiment besoin de son avis. J'ai donc décidé d'y conduire Yo-yo après le travail.

Je ne pouvais pas le contredire. Après tout, Thompson était aussi mon patron et je savais comme il pouvait être exigeant.

— Laisse-moi deviner, c'était encore une fois trop tard ?

Charles hocha la tête avec insistance.

— Exactement, et plus je le regardais, plus ce petit gars commençait à me plaire. Et puis c'était également plus dur de l'abandonner à la SPA, ou d'avouer que c'était moi qui l'avais depuis tout ce temps.

— En fait, pas tout ce temps, fis-je remarquer.

Charles avait gardé Yo-yo moins d'une semaine, où était-il donc auparavant ? Comment a-t-il fait pour disparaître et puis revenir comme si le temps s'était arrêté ?

— C'est une raison terrible de garder un chien, dit Octo-Chat avec mépris. Je suppose que ton béguin pour ce type doit être anéanti maintenant. Tu ne peux pas finir avec une personne aimant les chiens, Angela. Ça n'ira pas.

Mes joues brûlèrent de honte avant que je me souvienne que Charles ne comprenait pas Octo-Chat... et franchement, il valait mieux !

— Tout va bien ? demanda Charles en regardant tour à tour mon chat et moi.

Ce fut le moment précis que Yo-yo choisit pour se

réveiller de sa sieste. En apercevant le chat assis tout près de lui, il reprit son enchaînement d'aboiements comme s'il n'avait jamais arrêté.

— N'est-ce pas agréable? grogna Octo-Chat en sautant sur le dossier de mon fauteuil et en se cachant derrière moi, m'utilisant comme un bouclier humain.

— Je n'aime pas ce chien et je n'aime pas ton petit ami.

— Ce n'est pas mon petit ami, rectifiai-je sans réfléchir.

Maintenant, c'était Charles qui rougissait. Super.

— Peux-tu arrêter de me faire honte devant Charles? chuchotai-je vivement.

Octo-Chat éclata de rire, mais refusa de changer d'avis ou même de s'excuser.

— Quoi qu'il en soit, dit Charles en soulevant le terrier bruyant. Penses-tu pouvoir m'aider avec…?

Il continua à parler, mais il m'était impossible de l'entendre à cause d'Octo-Chat, qui avait décidé que c'était le moment parfait pour une de ses diatribes irritantes.

— Charles est un prénom bien trop classe pour ce nigaud. On dirait le nom de quelqu'un qui aime les chats et une personne aimant les chats ne m'aurait jamais tourmentée avec Crétin comme l'a fait ce type.

— Garde tes commentaires pour toi, s'il te plaît, le suppliai-je en essayant de me concentrer sur Charles.

— Je vais lui donner un nouveau nom, un nom qui lui ira mieux.

— Fabuleux, tu m'en parleras plus tard, marmonnai-je au chat. Charles, je suis désolée. Est-ce que ça t'ennuie de recommencer?

— Bien sûr, j'espérais que tu puisses m'aider avec...

— Quels surnoms iraient bien pour Charles? Charlie, Chuck... *Ha.* C'est plutôt Upchuck[1], parce que quand lui et son chien sont présents, j'ai envie de vomir mon petit-déjeuner.

J'avais presque réussi à ne plus écouter la voix d'Octo-Chat quand il cria de toutes ses forces :

— Oui, Upchuck! C'est le nom parfait pour lui. Upchuck, Upchuck, Upchuck, chantonna-t-il joyeusement et aussi fort que ses petits poumons de chat le lui permettaient.

Il ne s'arrêta pas après l'avoir dit plusieurs fois. Il avait déjà répété ce nom cruel au moins cinquante fois quand Charles demanda :

— Que signifient tous ces miaulements? Je n'ai encore jamais entendu un chat parler autant de toute ma vie.

— *Euh*, il se demande juste si tu as un surnom

que nous pouvons utiliser pour toi, dis-je en contournant la question.

Quoi? Mon explication était essentiellement honnête. Même si je n'aimais pas trop déformer la vérité, j'aimais encore moins blesser les autres pour aucune raison valable.

Charles sourit enfin.

— Oui, dit-il en laissant son regard s'attarder sur moi. Mon grand-père s'appelait Charles. Mon père était Charlie... Et puisque je suis le troisième, ils m'appellent Chuck. Tu le peux aussi quand nous ne sommes pas au bureau. Enfin, si tu préfères.

Évidemment, son surnom était Chuck. *Évidemment*.

Octo-Chat faillit mourir de rire.

5

algré de nombreux arrêts en route, Charles – je suis désolée, je n'arrive pas à l'appeler « Chuck » – et moi arrivâmes au bureau avant que les autres reviennent de leur long déjeuner de travail.

Charles s'enferma dans son bureau pendant le reste de la journée pendant que je faisais des recherches sur des affaires précédentes servant à défendre Brock Calhoun de la double accusation de meurtre qui pendait au-dessus de sa tête. Charles avait déjà consulté toutes les affaires possibles, car il était si désespéré qu'il s'était maintenant tourné vers mes nouvelles capacités de chuchoteuse d'animaux domestiques pour obtenir des pistes. Malgré tout, c'était bon de savoir que je faisais quelque chose pour l'aider.

Vers la fin de la journée, le facteur me porta une épaisse liasse de factures, de flyers et de correspondance pour le cabinet. Après avoir jeté les publicités et les circulaires dans la poubelle de recyclage, je fis un tour pour livrer les lettres en personne.

Charles gémit quand j'apportai la sienne dans le bureau qu'il partageait avec Derek. Précédemment, un autre associé qui s'appelait Brad avait été assis à son bureau, mais il avait été viré quelques mois plus tôt pour faute professionnelle – ce qui était une façon gentille de dire que ce type était le plus grand crétin sexiste que l'on pouvait imaginer.

— Encore une lettre d'insultes, je suppose, dit Charles en examinant le cachet de la poste avec un soupir. Super. Ça vient même de Misty Harbor, maintenant.

— Des lettres d'insultes ? Tu plaisantes !

Je m'installai sur le bureau vide de Derek. Il devait être parti tôt chez lui après la grande réunion à déjeuner. Quoi qu'il en soit, j'étais contente d'avoir un peu de temps seule avec Charles. Oui, je lui avais déjà pardonné de m'avoir fait du chantage ce matin-là. Je devais peut-être refaire le tri dans mes choix de vie, ou alors il m'était impossible de rester fâchée contre un type qui semblait déjà si abattu.

— J'aimerais bien, dit-il en déchirant le haut de l'enveloppe avec le pouce et en sortant la feuille de papier pliée à l'intérieur.

Il parcourut vite la page du regard, puis il me tendit la lettre.

— Ceci est devenu la routine, dernièrement.

La courte lettre était tapée en une grosse police de caractère avec empattements et n'était pas signée par l'envoyeur. *Vous devriez avoir honte* était l'idée générale, mais il y avait aussi des menaces de piquets de grève au procès et d'appels à la barre pour faire révoquer le droit de Charles d'exercer le métier d'avocat.

— Sans rire? dis-je en secouant la tête et en lui rendant la lettre. Les gens sont ridicules.

— S'ils m'envoient autant de courrier, je n'ose pas imaginer combien Brock en reçoit.

Charles roula le papier en boule et le jeta à la poubelle.

Ce n'était pas étonnant qu'il veuille si désespérément défendre son client. Je n'avais jamais vu les habitants de ma ville – et même des villes voisines! – aussi énervés depuis qu'un joueur de foot populaire avait été suspendu pour avoir vendu de la drogue à des étudiants de première année.

Il avait perdu les offres de places à l'université, de bourse, et il s'était même vu retirer rétroactivement son titre de Roi du bal de fin d'année.

Et il ne s'agissait alors que de drogues.

Maintenant, nous étions confrontés à des meurtres et ça ne présageait rien de bon pour Brock. Les petites villes n'oublient jamais, ce qui signifiait que même s'il était disculpé, sa réputation était entachée pour toujours et il allait sans doute devoir déménager pour reprendre une vie normale ailleurs.

Pauvre type.

— Il y a pire, dit Charles avec la bouche pincée. Je viens de découvrir que la chaîne de télévision locale dévoue toute son émission de ce soir à un programme spécial qu'ils appellent *Brock Calhoun : Un Meurtrier Parmi Nous*.

Argh, on pouvait compter sur ma mère pour se donner à fond dans le sensationnel.

— Je pourrais sans doute aider dans ce domaine, dis-je en grimaçant avec un sourire d'excuse.

Il se tourna vers moi avec des yeux brillants d'enthousiasme.

— Bien sûr ! Pourquoi n'ai-je pas fait le rapprochement plus tôt ? Le type du sport, Roman Russo, vous êtes de la même famille, hein ?

— Oui, avouai-je en serrant les dents. C'est mon père. Et Laura Lee est ma mère.

Son visage se teinta immédiatement d'amertume. En général, ma mère était appréciée à Glendale et dans la région de Blueberry Bay. Cependant, les gens se trouvaient rarement du mauvais côté de sa passion pour le journalisme d'investigation.

En général, personne ne remarquait que notre journaliste localement célèbre était en fait ma mère, car elle avait décidé de garder son nom de jeune fille au cas où les restes du réseau de Mamie dans le showbiz puissent faire avancer sa propre carrière.

Cette stratégie avait bien fonctionné et ma mère avait pu se vanter d'une carrière très réussie depuis que je portais encore des couches. Cependant, dernièrement elle semblait s'être lassée de tous les reportages complaisants et les faits divers qui dominaient les nouvelles de Glendale. Cela faisait quelques semaines que je ne lui avais pas parlé, mais je pouvais presque garantir qu'elle voyait en l'affaire de Brock Calhoun un moyen d'obtenir l'attention nationale... et potentiellement une meilleure offre d'emploi pour elle et pour mon père.

— Laisse-moi lui parler, dis-je en soupirant. J'espère faire en sorte qu'elle relâche un peu la pression.

— Qu'elle la relâche beaucoup, dit Charles en grognant.

Je hochai la tête.

— Oui, d'accord. Je ne suis pas certaine de pouvoir la joindre avant la diffusion de l'histoire de ce soir, mais je te promets de faire de mon mieux.

— Merci.

Charles fronça les sourcils et déplaça quelques papiers sur son bureau, ce que je compris comme un moyen de me congédier.

Il m'arrêta cependant quand je fus à mi-chemin de la porte.

— Angie ?

— Mmm ?

Je me retournai, agréablement surprise par le sourire qu'il m'offrait.

— Merci, dit-il sincèrement. Je sais que je t'ai un peu entraînée dans cette affaire contre ta volonté, mais le fait que tu acceptes de m'aider compte beaucoup.

— Aucun problème, dis-je avec un grand sourire.

Oui, je l'avais complètement pardonné pour son chantage, maintenant.

Charles se retourna vers les papiers sur son bureau et je sortis de la pièce pour revenir à ma place de travail près de l'entrée du cabinet. Dès que j'atteignis mon bureau, j'envoyai un rapide texto à ma mère :

SOS. Je dois te parler ASAP. Bises

En général, je préférais envoyer des textos avec des phrases complètes et la ponctuation correcte, mais il était bien connu que plus j'utilisais d'acronymes, plus il était probable que ma mère réponde vite. Effectivement, je reçus presque immédiatement un message.

Qu'est-ce qui ne va pas ? Elle avait inclus un emoji d'une tête qui explose et un autre qui ressemblait à un extraterrestre, ce que je ne comprenais pas tout à fait étant donné le contexte. C'était un peu vexant que ma mère d'âge mûr soit plus au courant du jargon moderne que moi.

J'inspirai profondément avant de composer mon message suivant. J'avais attiré son attention, mais ça n'allait pas être facile de faire en sorte qu'elle accepte. *Besoin que tu annules l'émission spéciale sur Brock Calhoun que tu prévois ce soir.*

Moins d'une minute plus tard, mon téléphone vibra pour annoncer un appel.

La voix de ma mère semblait paniquée, ce qui me mit un peu sur la défensive.

— Pourquoi as-tu besoin que j'annule mon reportage ? C'est un des meilleurs que j'ai faits.

Je me pinçai l'arête du nez en parlant, espérant éloigner la pression de la migraine que je sentais monter dans ma tête.

— J'en suis sûre, maman, mais il n'a pas encore été jugé. Ce n'est pas juste de tourner toute la région contre lui avant qu'il puisse se défendre.

Comprends-le, s'il te plaît. S'il te plaît. S'il te plaît.

Il m'était difficile de prédire la réaction de ma mère. Pendant mon enfance, nous n'avions pas été très proches, alors que cela arrive souvent entre les mères et les filles. Elle travaillait dur et ne m'avait jamais privé de quoi que ce soit, mais c'était Mamie qui avait investi tout le travail émotionnel pour m'éduquer. Mamie avait toujours été celle à qui je révélais mes secrets, mes rêves, mes peurs. Ma mère soutenait tout ce que je faisais, mais elle était aussi très occupée à vivre sa vie et être une mère lui paraissait parfois peu intéressant en comparaison.

Je pense que c'était une des raisons pour lesquelles je ne m'étais pas encore casée – pas seulement en créant une famille, mais aussi en ne m'engageant pas sur une seule voie de carrière. J'aimais avoir beaucoup de possibilités et n'être responsable que de moi-même... enfin, et de mon chat aussi. Je ne pouvais pas imaginer la pression que ressentait ma mère quand sa vie domestique et sa vie professionnelle entraient en collision, et particulièrement quand elles s'écrasaient l'une contre l'autre comme c'était le cas avec ma requête d'aujourd'hui.

— Nous savons tous qu'il l'a fait, dit ma mère en chuchotant tout bas. De plus, j'ai appris que mon reportage pouvait être diffusé partout dans l'État et peut-être même sur le bord de mer à l'est.

J'inspirai brusquement avant de révéler :

— Maman, mon cabinet le défend et maintenant j'aide également dans cette affaire.

Il lui fallut un moment pour répondre. Quand elle le fit, elle ne semblait pas être à l'aise avec les mots qu'elle prononçait.

— Peux-tu te récuser ? Nous savons tous que l'assistance juridique n'est pas ta réelle passion, mais partager des histoires importantes avec le public, c'est la mienne. S'il te plaît, Angie. Je ne veux pas te causer du tort, mais ne vois-tu pas que ceci est ma grande chance pour enfin sortir des journaux locaux ?

— Je sais, et je ne te le demanderais pas si ce n'était pas vraiment important.

— En plus, nous avons déjà fait la publicité et tout, dit-elle d'une voix qui devenait plus faible à chaque syllabe.

— C'est ce que j'ai entendu.

Je me creusai les méninges à la recherche d'une

solution qui pouvait nous satisfaire toutes les deux et je finis par tomber sur quelque chose qui pouvait fonctionner.

— Écoute. Penses-tu pouvoir retarder le reportage jusqu'à vendredi ? Cela nous donnera du temps pour travailler sur l'affaire sans qu'il y ait tout un nuage de préjugés.

Les mots de ma mère devinrent un peu moins hésitants.

— D'accord, mais que se passera-t-il vendredi ?

Je proposai la première option avec autant d'enthousiasme que possible. Après tout, c'était la meilleure option pour nous deux, et je pensais qu'en la disant à voix haute, il y avait plus de chances qu'elle se réalise.

— Soit nous prouvons sans l'ombre d'un doute que Brock Calhoun n'est pas coupable et nous te donnons les droits exclusifs de l'histoire.

— Ou bien ?

Quelque chose bruissa à l'autre bout du fil et j'imaginai ma mère s'agitant nerveusement sur sa chaise en attendant que je finisse ma proposition.

— Tu fais passer le reportage tel qu'il est et je n'essaierai pas de t'arrêter.

La ligne devint silencieuse pendant un temps effroyablement long.

Finalement, ma mère revint d'une voix douce et apaisante.

— Ma chérie, en es-tu certaine ? Tout ceci semble vraiment te bouleverser.

Je ravalai mon angoisse. Le temps était compté et les minutes tournaient déjà.

— J'en suis sûre. Merci, maman. Si quelqu'un de la chaîne se fâche contre toi, tu peux me l'envoyer.

Elle rit et je sentis tout le stress que nous avions retenu toutes les deux partir comme des bulles et flotter jusqu'au ciel.

— Il faudra peut-être que je le fasse, dit-elle en soupirant. Je t'aime, Angie. Bonne chance pour ton affaire, ajouta-t-elle avant de mettre fin à l'appel.

Oui, de la chance… Charles et moi en avions vraiment besoin. Nous avions aussi besoin qu'une certaine paire d'animaux parlants dépasse leurs différends pour nous aider à trouver de nouvelles pistes. Autrement, nous pouvions signer tout de suite la peine de prison de Brock, car nous n'avions pas d'autres possibilités raisonnables pour sa défense.

J'allais peut-être passer au supermarché et récupérer des crevettes fraîches pour soudoyer Octo-Chat afin qu'il passe plus de temps avec Yo-yo. J'espérais que mon ami félin aimait plus les crevettes qu'il ne détestait les chiens.

6

Je me réveillai le lendemain matin avec un sentiment d'appréhension grandissant logé entre mes poumons. Le poids de la liberté de Brock qui reposait maintenant sur mes épaules m'empêchait de reprendre mon souffle.

Je ne pouvais pas le décevoir, et Charles non plus. Je voulais également trouver le véritable coupable et faire justice au pauvre Yo-yo, qui ne savait toujours pas que ses propriétaires étaient décédés.

Malgré ma promesse de ne jamais arriver au bureau avant neuf heures du matin, je pris sur moi et je me rendis au cabinet presque dès l'instant où je parvins à enchaîner deux pensées cohérentes.

Comme prévu, Bethany était la seule à être là avant moi. Je ne comprenais pas pourquoi elle insistait pour arriver si tôt chaque jour, mais au moins elle semblait heureuse de me voir quand je frappai à sa porte pour dire bonjour.

L'odeur lourde et écœurante des agrumes s'associait au café fraîchement préparé pour créer un arôme nauséabond quand j'entrai dans son bureau. Bethany était peut-être devenue plus douce et plus aimable dernièrement, mais ce qui ne changeait pas, c'était son obsession pour les huiles essentielles. Hé, chacun avait ses propres petites habitudes étranges. Je n'étais certainement pas en mesure de la juger.

De plus, Bethany était ma propre héroïne personnelle, désormais.

Quand je m'étais électrocutée avec la vieille cafetière du bureau, elle avait apporté une Keurig qu'elle gardait dans son espace privé plutôt que dans la zone commune. Franchement, j'étais toujours terrifiée par cet horrible appareil sous toutes ses formes, mais – à ma grande surprise et à mon grand soulagement – Bethany avait gentiment pris l'habitude de me préparer une tasse tous les matins. Je n'avais plus besoin de demander ou de rassembler mon courage pour appuyer sur le bouton de mise en marche par moi-même.

Ainsi, elle était devenue une de mes personnes préférées.

— Bonjour, dit-elle avec un sourire alerte sur le visage.

D'après moi, elle avait déjà bu deux ou trois tasses avant même que j'arrive.

— Tu es là tôt.

— Oui, dis-je en la saluant de la main. Je venais voir si je pouvais aider Charles avec l'affaire Brock Calhoun.

Bethany se leva pour s'approcher de la cafetière et cela me rendit si heureuse que je faillis la serrer dans mes bras. Bethany et moi devenions lentement amies, mais tout contact physique aurait sans doute été au détriment de notre relation. En général, elle évitait autant que possible les embrassades, les poignées de main et tout le reste. C'était peut-être parce qu'elle était la seule femme avocate de notre cabinet, ou bien c'était sa personnalité. Quoi qu'il en soit, je n'avais pas l'intention de juger la femme qui me donnait ma dose de caféine cinq jours sur sept.

— Tu sais, dit-elle en plaçant une capsule de sélection du matin dans la machine. J'ai été vraiment surprise que Thompson attribue une affaire aussi médiatique à notre avocat le plus récent. Franchement, il aurait dû s'en charger lui-même.

Je haussai les épaules.

— Les autres étaient peut-être trop occupés pour

ajouter le dossier à leur charge de travail. Nous avons eu beaucoup de clients depuis… tu sais.

Elle fit quelques pas vers moi et baissa la voix.

— Je sais, mais – et ça reste entre toi et moi, s'il te plaît – j'avais le temps d'aider et je suis à peu près certaine que Derek et certains autres auraient pu le faire également.

— Qu'essaies-tu de me dire ?

Bethany baissa encore la voix.

— Je pense que Thompson a volontairement donné ce dossier à Charles en sachant qu'il allait sûrement perdre.

— Et ?

J'avais peut-être été assez éveillée pour me traîner jusqu'au bureau, mais mes véritables capacités de réflexion ne débarquaient pas avant ma première tasse de café.

— Eh bien, réfléchis. Charles est nouveau au cabinet. Quand il perdra ce qui est plus ou moins une affaire impossible, ce sera facile pour Thompson de le virer et de faire disparaître la disgrâce du cabinet.

— Comme un agneau sacrificiel ?

Même en posant la question, je savais que Bethany avait raison. Notre associé principal n'avait pas peur de s'abaisser à ce genre de tactiques mesquines.

Ses yeux brillèrent d'une teinte surnaturelle quand elle hocha la tête.

— Exactement. De cette façon, Thompson peut continuer à profiter de notre récente série de réussites sans s'inquiéter qu'un procès célèbre le refasse chuter.

Tout cela était parfaitement logique, mais comment Thompson pouvait-il être certain que Charles perde le procès ? Il donnait tout ce qu'il avait et même plus pour réussir. Il pouvait encore gagner à la fin. Je levai un sourcil et je demandai :

— Et si Charles gagne ?

— C'est encore mieux, répondit Bethany en attrapant ma tasse de café dans la machine et en la plaçant directement dans mes mains tendues. Il pourra alors se vanter que son cabinet a gagné un procès ingagnable, dire qu'il a trouvé Charles presque dès sa sortie de l'école de droit et qu'il a reconnu son talent immédiatement. Nous deviendrons encore plus populaires et Thompson pourra gonfler un peu son compte de retraite.

— Eh bien, c'est sympa, maugréai-je avant de boire une gorgée avec gratitude.

— N'est-ce pas ? dit Bethany en hochant la tête pendant qu'elle traversait la pièce pour retourner à son bureau. Je trouve que c'est gentil de ta part d'aider Charles. Il aura besoin de toute l'aide disponible.

Bethany et moi bavardâmes encore quelques minutes, mais je restai focalisée sur ce que j'avais appris au sujet de Charles. Savait-il lui aussi que son emploi était menacé ? Était-ce pour cela qu'il voulait tant gagner, ou bien était-ce parce qu'il croyait en l'innocence de Brock ?

Quoi qu'il en soit, c'était injuste de la part de Thompson de lui faire traverser le pays pour le sacrifier à la première occasion venue. Il fallait que je l'aide à gagner cette affaire, et pas seulement parce que le cabinet allait paraître triste et vide sans lui...

Mais aussi parce que c'était ce qu'il convenait de faire.

* * *

À neuf heures, les autres collègues nous avaient rejoints au travail. Je me faufilai dans le bureau de monsieur Thompson après lui avoir donné quelques minutes pour s'installer.

— Bonjour, monsieur, dis-je en serrant mes mains devant moi et en lui faisant mon sourire le plus mielleux. J'aurais une requête si vous n'êtes pas trop occupé.

Notre associé solitaire leva les yeux de l'écran de son ordinateur et me dévisagea brièvement avant de reporter son attention sur ce qui était affiché devant lui.

— Allez-y, dit-il d'un ton suggérant qu'il préférait ne pas avoir à faire à moi à ce moment-là. Malgré tout, il fallait que j'obtienne son accord avant de mettre en œuvre mon plan, qu'il soit ou non de bonne humeur ce jour-là.

— J'aimerais consacrer ma semaine à aider Long-fellow dans l'affaire Calhoun, l'informai-je coura-geusement.

Alors que notre ancien associé, monsieur Fulton, avait appelé tout le monde par leur prénom, monsieur Thompson utilisait seulement les noms de famille. C'était froid et impersonnel et en partie ce qui le rendait si effrayant.

Il laissa tomber ses mains du clavier et leva son regard jusqu'au mien, m'accordant enfin toute son attention.

— Pourquoi ?

Heureusement, j'avais passé la demi-heure précé-dente à préparer cette conversation et ma réponse était prête.

— Longfellow travaille très bien, mais les médias lui causent du tort. Plus spécifiquement, ma mère. En m'ajoutant à l'affaire, cela la poussera à relâcher un peu la pression pendant que nous travaillons sur notre défense. Dans ce dossier, cela pourrait faire la différence entre perdre ou gagner pour Thompson et Associés.

Mon patron m'examina un moment avant d'acquiescer rapidement.

— Bien pensé, Russo.

— Merci, monsieur, dis-je, prête à filer pour annoncer la bonne nouvelle à Charles.

— Cependant, la semaine prochaine vous reprenez la routine habituelle, cria Thompson dans mon dos.

Oui, ça ne me posait aucun problème, puisque nous n'avions que jusqu'au vendredi pour trouver notre défense, de toute façon.

Je croisai Charles juste au moment où il quittait le bureau qu'il partageait avec Derek.

— Tu pars déjà? demandai-je, incapable de cacher mon enthousiasme d'être officiellement assignée au dossier.

— Oui. Je vois un client à dix heures, m'informat-il pendant que nous marchions ensemble vers la porte.

— S'il s'agit de Brock Calhoun, je t'accompagne.

Il s'arrêta pour m'examiner et les mêmes rides d'inquiétude que l'autre jour s'étalèrent sur son front.

— Thompson m'a demandé de travailler sur l'affaire pour la semaine, expliquai-je d'un geste nonchalant de la main. Allons-y.

Charles haussa les épaules, mais il n'émit pas d'objection quand je le suivis jusqu'à sa voiture et que je grimpai du côté passager.

— Puisque je suppose que tu es sur l'affaire maintenant, me dit-il en conduisant jusqu'à la prison d'État dans laquelle Brock était placé en détention préventive, je partagerai les documents de l'accusation avec toi quand nous retournerons au cabinet.

Il se mordit la lèvre en hésitant. Apparemment, il avait raté un rasage ou deux et j'espérais que mon aide n'était pas trop tardive pour éviter qu'il craque.

— Quoi? demandai-je, impatiente de savoir ce qui le perturbait tant.

Charles me jeta un rapide coup d'œil avant de fixer la route devant lui.

— C'est assez dur à voir. Les photos de la scène de crime, je veux dire. Est-ce que ça ira pour toi?

— Aucun problème, dis-je sans certitude.

Je n'avais jamais eu du mal avec le sang auparavant. J'avais même obtenu un certificat pour accomplir des phlébotomies au début de mes études. Mais après avoir été ligotée en tant qu'otage et presque tuée par une meurtrière folle quelques mois auparavant, j'étais devenue un peu plus sensible.

Il fallait toutefois que je prenne sur moi pour Charles, pour Brock et pour Yo-yo. Ils comptaient tous sur moi.

— Un regard neuf pourrait nous aider, suggérai-je en imaginant secrètement le pire.

Bon, il était temps de changer de sujet avant que je fasse une mini crise de panique.

— À quel sujet rencontrons-nous Brock aujourd'-hui? demandai-je en faisant semblant d'être calme.

— La routine entre un avocat et son client, répondit Charles sans m'être d'aucune aide. Je peux vous présenter et lui faire savoir que tu as aidé à retarder le reportage au journal, mais je n'ai pas grand-chose d'autre à lui dire pour l'instant.

— Alors pourquoi y vas-tu? Pourquoi pas un rapide coup de fil avec les dernières nouvelles?

Charles soupira et serra le volant avec plus de force.

— J'espère qu'il aura quelque chose de nouveau à me dire, quelque chose qui aide à le défendre.

Je soupirai également. Même si j'étais heureuse d'avoir l'occasion de rencontrer Brock et de décider moi-même si je le croyais coupable, je ne pensais pas qu'il se souvienne soudain de l'unique détail qui puisse le sauver après avoir croupi plusieurs semaines en prison. Charles n'avait cependant pas besoin d'entendre mes doutes. J'étais sûre qu'il avait déjà les siens.

Apparemment, j'étais devenue l'optimiste non officielle de l'affaire. Si je commençais à paraître abattue maintenant, nous n'avions aucune chance de le faire acquitter.

En arrivant devant la prison d'État, je fus surprise par son extérieur petit et sans prétention. Je m'attendais peut-être à un complexe géant avec des tourelles de surveillance et des snipers, et puis des grillages en fils de fer barbelés hauts comme deux étages, mais ce n'était absolument pas le cas. L'immeuble dont la façade était couverte de béton ressemblait à ce que l'on pouvait voir dans un centre commercial... pas à un centre de détention sécurisé pour presque un millier de détenus accusés de choses diverses depuis la possession de drogues jusqu'au meurtre.

— Ça ira? me demanda Charles en se garant sur le parking des visiteurs.

— Aucun souci.

Je détachai ma ceinture de sécurité avec les mains

tremblantes tout en gardant le regard fixé droit devant moi.

— Finissons-en.

L'intérieur de la prison ressemblait bien plus à ce à quoi je m'attendais : les gardes, les détecteurs à métaux, les cellules. Franchement, tout l'endroit me faisait froid dans le dos. Je suivis Charles en silence pendant que nous étions guidés vers une des salles privées réservées aux avocats et à leurs clients. Une fois là-dedans, il nous fallut attendre quelques minutes avant que Brock soit conduit jusqu'à nous.

Là, notre client resta debout avec les menottes à ses pieds et à ses mains et un uniforme beige qui ne lui allait pas et qui ne mettait pas en valeur son teint pâle. Ses cheveux sombres semblaient trop longs et mal lavés. Ses yeux gris étaient enfoncés dans son crâne, avec des cernes sombres au-dessous.

Quand il nous vit en train de l'attendre, il sourit et baissa poliment la tête. Même s'il faisait facilement un mètre quatre-vingt-treize et qu'il avait de solides muscles pour compléter son physique, il semblait minuscule, debout devant nous. Et je ressentis alors cette même intuition dont je m'étais moquée la veille quand Charles l'avait évoquée. C'était comme un éclair de compréhension qui me foudroya.

Boum !

Et voilà comment je sus que Brock Calhoun n'était pas à sa place dans cet endroit horrible et qu'il ne pouvait pas avoir assassiné ces gens.

Brock se tourna légèrement vers moi, attendant peut-être des présentations. Il sourit d'un air hésitant, poliment, pas du tout comme un tueur.

— Bonjour, Brock, dis-je après m'être raclé la gorge. Je m'appelle Angie et je vais vous aider à gagner votre procès.

7

Comme je le craignais, Brock n'avait rien de nouveau à nous dire. Charles, les animaux domestiques et moi avions donc la responsabilité de trouver une nouvelle direction pour sa défense... et pour cela, il nous fallait découvrir le véritable assassin.

Avais-je peur? Oh, oui.

La dernière fois que j'avais affronté une tueuse, j'avais failli mourir moi-même. Pour l'instant, j'allais faire de mon mieux pour ne pas y penser. Plus tard, je pouvais toujours réserver quelques séances de thérapie.

De retour au cabinet, Charles me tendit un épais dossier rempli à craquer des documents de l'accusation, tous les faits et les fichiers qui selon eux prouvaient la culpabilité de Brock dans les meurtres des Hayes.

— Waouh, dis-je avant de siffler pendant que je parcourais les très, très nombreuses pages qu'il contenait. Ils en ont vraiment beaucoup.

Charles poussa un grognement et s'affala sur la chaise à côté de moi.

— Oui, vraiment.

Je ne regardai les photos de la scène de crime que pendant quelques secondes avant de les mettre de côté. Ces photos terribles montraient que les pauvres Bill et Ruth n'avaient pas eu une mort douce. Les flaques de sang rouge sombre autour de leurs têtes me retournèrent l'estomac.

Qui pouvait faire une chose aussi horrible ? Et peut-être surtout : *pourquoi* ?

Charles repartit vers son bureau pendant un moment. Quand il revint dans notre espace de travail partagé, il posa un dossier bien plus mince sur la table devant moi.

— Ce sont nos documents pour la défense, dit-il.

— Ah.

Il avait quelques précédents et des témoins de moralité pour Brock, mais pas grand-chose de plus. Ça ne se présentait pas bien.

— Qui a fait ces déclarations ? demandai-je en lui montrant les témoignages de moralité.

Charles attrapa le tas de papier et détailla chacun en le reposant devant moi.

— Sa sœur, quelques anciens clients de son entreprise d'homme à tout faire, une ancienne petite amie.

— As-tu parlé à quelqu'un qui connaissait les victimes ?

Il secoua la tête.

— Seulement Brock et sa sœur.

— Et qu'en est-il des témoins pour l'accusation ? demandai-je en revenant vers l'épais dossier dont je sortis plusieurs pages de témoignages.

Charles ne prit même pas la peine de tendre la main. À la place, il haussa les épaules et expliqua :

— Ils préfèrent ne pas nous parler avant le procès.

— Comme c'est pratique, grommelai-je en poussant un gros soupir qui fit trembler ma frange.

Personne n'était fair-play dans cette affaire... personne en dehors de Charles. Et c'était un vrai désavantage pour nous.

Charles pouvait bien suivre le droit chemin s'il le voulait. Je savais parfaitement que parfois, les chemins de traverse étaient le seul moyen d'atteindre sa destination, et je ne m'opposais pas à l'idée de les emprunter.

— D'accord, alors écoute-moi... Et s'ils ne savaient pas qu'ils nous parlent? suggérai-je avec un sourire rusé.

Il croisa les bras et secoua la tête.

— Tout le monde sait que je suis l'avocat dans l'affaire de Brock. Même si je voulais faire les choses en douce, ce serait possible. Et non, je ne veux pas travailler ainsi. Je veux gagner ce procès et laver la réputation de Brock sans tricher.

— Oh, bien sûr. Je comprends, acquiesçai-je rapidement. Oublie ce que j'ai dit.

Charles et moi passâmes les heures suivantes à relire les documents des deux parties et à prévoir notre contre-interrogatoire des témoins. Il n'était pas obligé de savoir que j'avais secrètement fait une liste de gens à rencontrer en dehors des heures de bureau. Personne n'allait me reconnaître comme faisant partie de ce dossier.

Après tout, peu de gens faisaient attention aux assistantes juridiques.

Je pouvais utiliser cela à mon avantage pour en apprendre plus au sujet des victimes et découvrir qui aurait pu vouloir leur mort. Inutile de révéler tout cela à la cour, sauf si je trouvais notre preuve accablante, ou dans ce cas particulier : notre marteau ensanglanté.

* * *

Es-tu prête, Mamie? demandai-je en venant la chercher pour notre petite enquête privée après les heures de travail.

Comme j'étais arrivée en avance au travail ce matin, j'avais pu sortir un peu plus tôt. Cela nous donnait juste un peu de temps pour passer à l'ancien lieu de travail de Bill Hayes afin de voir quelles nouvelles informations nous pouvions apprendre sur lui ou sur de potentiels auteurs des meurtres errant dans les bureaux.

— Oh oui, dit Mamie avec un vague accent du sud. Allons-y.

Ai-je déjà mentionné que ma grand-mère était autrefois une grande star à Broadway? De nos jours, elle jouait parfois dans les pièces de théâtre locales, mais elle sautait toujours sur n'importe quelle occasion de rafraîchir ses talents sous-utilisés. C'était pour cette raison que je l'avais invitée à me suivre ce soir-là.

Feu monsieur Hayes avait travaillé dans un endroit qui s'appelait L'Imprimerie Bayside. Leur travail consistait en grande partie à imprimer des publicités pour les nombreuses entreprises de Blueberry Bay, mais une rapide recherche sur leur site Internet m'informa qu'ils aidaient aussi les auteurs indépendants et les microéditeurs à publier leurs livres. Cela nous fournissait l'excuse parfaite pour passer les voir.

Voyez-vous, pendant des années, Mamie a raconté à tous ceux qui voulaient bien l'écouter qu'elle avait un livre en elle... et plus précisément, une autobiographie. Elle avait même décidé d'un titre alors qu'il lui restait encore à écrire la moindre petite page.

— Cela s'appelle *De Broadway à Blueberry Bay : La Vie de Dorothy Loretta Lee* et je garantis que c'est la plus belle production qui passera sur votre bureau, dit-elle à l'imprimeur en terminant par de grands gestes de la main.

J'observai l'homme d'âge mûr et sans prétention assis en face de nous. Il s'appelait monsieur Weber et avec sa calvitie naissante et sa chemise bien repassée soigneusement rentrée dans son pantalon, il ne ressemblait pas du tout à un meurtrier. Il sourit à Mamie avec un intérêt sincère pendant qu'elle le régalait de toutes les histoires de sa fausse enfance dans le Sud.

— Cela me paraît absolument fascinant, dit-il en imitant son accent.

Il me fallut lutter pour ne pas me moquer d'eux

pendant qu'ils bavardaient ensemble avec leurs faux accents.

— Laissez-moi faire quelques calculs afin de nous décider pour un devis, dit-il en tirant son clavier vers lui de façon exagérée.

— Merveilleux, dit Mamie en posant les mains sur ses genoux.

Le sourire de monsieur Weber ne quitta pas son visage pendant qu'il cliquait sur une série de cases à l'écran de son ordinateur, marquant de temps en temps une pause pour demander à Mamie combien de pages comptait son livre, de quelle taille de livre elle avait besoin, si elle voulait du papier crème ou blanc, avec une couverture reliée ou en livre de poche.

Mamie n'hésita absolument pas en donnant facilement une réponse après l'autre, satisfaisant apparemment monsieur Weber. Je me demandai si elle était vraiment sérieuse au sujet de cette autobiographie, alors qu'elle n'avait pas encore commencé à l'écrire.

Eh bien, j'allais devoir prendre le temps de découvrir comment mieux soutenir son rêve plus tard. Pour l'instant, l'enquête avait besoin de toute mon attention.

— *Alors*... dis-je en faisant traîner le mot jusqu'à

ce que monsieur Weber fasse attention à moi. N'est-ce pas ici que travaillait le pauvre Bill Hayes avant d'être tragiquement assassiné ?

À la simple mention du nom de la victime, monsieur Weber devint tout rouge et de la sueur commença à perler sur son front

— Oui, dit-il avec une rage mal dissimulée. Personne ne mérite d'être tué ainsi, mais surtout pas Bill.

— C'est vraiment une chose terrible, dit Mamie en lui tapotant la main et en hochant la tête d'un air compatissant.

Après ce geste de Mamie, monsieur Weber sembla se calmer.

— Bill était le meilleur employé que j'avais et il était même sur le point de prendre ma place quand je prendrai ma retraite, l'année prochaine, expliqua-t-il en fronçant les sourcils. Je suppose que ça n'arrivera pas, maintenant.

— C'est vraiment triste, dit Mamie pendant que je remerciais silencieusement ma bonne étoile d'avoir décidé de la prendre avec moi. Je vois que vous travaillez très dur. Vous méritez de faire une pause après tant d'années de dévouement à l'entreprise.

Il secoua tristement la tête.

— Bill était exactement pareil. Tout le monde l'aimait au bureau. Les clients également. Il arrivait très souvent qu'un client vienne nous voir avec une date limite insensée et Bill n'hésitait pas à proposer de rester tard et de faire des heures supplémentaires pour terminer la commande.

— On dirait qu'il était un véritable atout pour L'Imprimerie Bayside, ajoutai-je en hochant la tête d'un air rassurant, ne souhaitant pas être complètement surpassée par Mamie.

Monsieur Weber garda cependant les yeux rivés sur Mamie et il soupira avant de dire :

— Je n'arrive toujours pas à m'y faire. Qu'est-ce que cet homme à tout faire avait-il contre Bill ? Et pour qu'il tue sa femme également ? J'espère qu'ils l'enfermeront très, très longtemps.

Je m'agitai sur ma chaise, mal à l'aise, pendant que monsieur Weber se forçait à sourire en tournant l'écran de son ordinateur vers nous.

— Quoi qu'il en soit, dit-il après s'être raclé la gorge deux fois. Comme vous le voyez, les frais se situeront entre 2 500 \$ et 6 700 \$, en fonction du nombre d'exemplaires que vous aimeriez publier pour votre première édition.

Mamie hocha la tête.

— Que pensez-vous... ?

Soudain, elle fut prise d'une terrible quinte de

toux, incapable de dire un mot de plus en serrant sa poitrine d'un air dramatique.

— Excusez-moi, dit-elle d'une voix rauque quand la toux se fut calmée. Monsieur Weber, serait-il possible d'avoir un peu d'eau ?

Il sauta de sa chaise plus vite que je ne l'aurais attendu de la part d'un homme avec sa corpulence.

— Bien sûr, aucun problème. Excusez-moi. Je reviens tout de suite.

Dès qu'il se fut précipité hors du bureau, Mamie se mit à fouiller dans les papiers sur le bureau et elle prit des séries de photos avec son téléphone.

— Que fais-tu ? chuchotai-je.

Mamie ne s'arrêta pas en grognant sa réponse.

— Je regarde si nous pouvons trouver quelque chose qu'il nous cache. Quand il reviendra avec mon eau, excuse-toi pour aller aux toilettes et regarde si tu peux trouver quelque chose dans le bureau principal.

Waouh, ma grand-mère était une excellente détective privée : il me fallait peut-être l'inclure plus souvent dans mes affaires. D'un autre côté, ceci n'était que ma seconde affaire et elle avait déjà prouvé qu'elle était indispensable dans les deux. J'acceptais toute l'aide que l'on m'offrait, d'où qu'elle vienne, tant que rien ne mettait ma grand-mère en danger.

Quand des pas lourds se firent entendre dans le

couloir, Mamie replaça son téléphone dans son sac juste à temps pour accueillir monsieur Weber avec un sourire gracieux.

— Mon héros, roucoula-t-elle lorsqu'il lui tendit le gobelet d'eau.

— Si vous voulez bien m'excuser, dis en me levant. Il faut juste que j'aille aux toilettes.

— Tournez à gauche, puis la deuxième porte sur la droite, murmura monsieur Weber sans lever les yeux.

Il était tombé sous le charme de Mamie, comme cela arrivait très souvent, et je ne pouvais pas lui en vouloir pour cela... d'autant plus que cela facilitait mon enquête.

— Merci, soufflai-je avant de refermer la porte derrière moi. Même si Mamie était clairement une pro, pour moi toutes ces indiscrétions étaient assez nouvelles et je ne savais pas vraiment par où je devais commencer. Je me doutais que l'Imprimerie Bayside n'allait pas laisser traîner son bilan financier ou ses enregistrements de vidéosurveillance en pleine vue. À bien y réfléchir, un endroit comme Bayside n'avait sans doute pas de vidéosurveillance, même si cela m'aurait grandement facilité la tâche.

Bon sang, j'aurais aimé qu'Octo-Chat soit ici avec moi. Alors que j'étais maladroite et sans talent, mon chat était un expert pour fourrer son nez dans les affaires des autres. Les indiscrétions étaient sa spécialité et *fouineur* aurait pu être son deuxième prénom. Il avait une si longue liste de prénoms, que celui-ci était peut-être caché au milieu sans que je le sache. Il était même meilleur que Mamie grâce à ses immenses capacités d'espion et l'absence totale de remords qu'il avait à les utiliser. Je pouvais peut-être canaliser cela maintenant…

Bon, si j'étais Octo-Chat où chercherais-je en premier?

Je n'eus pas le temps de le découvrir, car un peu plus tard, je constatai que je n'étais plus seule dans le bureau principal. La grande femme qui était assise en silence dans la zone réservée aux clients s'anima en me remarquant.

— Puis-je vous aider? demandai-je en hésitant.

Je trouvai impoli de l'ignorer, mais je ne savais pas du tout comment j'allais pouvoir l'aider avec quoi que ce soit.

— Monsieur Weber est-il là? demanda-t-elle en faisant passer une boucle rousse derrière son oreille et en me faisant un sourire amical. J'espérais pouvoir récupérer ma commande avant qu'il ferme ce soir.

— Euh oui, bien sûr. Je vais aller lui dire que vous êtes là.

Je retournai vers l'autre bureau, abattue.

J'espérais que Mamie avait plus de chance avec monsieur Weber que moi. Ou qu'elle avait pris des clichés intéressants pendant sa petite séance de détective.

Sinon, l'Imprimerie Bayside représentait seulement une grosse fausse piste. Tout ce que nous avions réussi à faire, c'était perdre un temps précieux.

C'était bientôt mercredi et nous n'avions pas avancé dans notre découverte du véritable tueur des Hayes. Demain serait-il notre jour de chance ?

Oh, je l'espérais vraiment.

8

e lendemain matin, je parlai à Charles de la mission de reconnaissance tentée par Mamie et moi à l'Imprimerie Bayside la veille au soir.

— Je savais que tu préparais quelque chose, dit-il avant d'écarquiller les yeux et de demander : avez-vous trouvé un élément qui puisse nous aider ?

Je lui révélai les petites choses que nous avions apprises, comme le fait que Bill était très apprécié à son travail et qu'il allait recevoir une promotion l'année suivante. Nous n'avions rien trouvé de plus. La majorité des photos de Mamie étaient floues et les rares images correctes ne nous montraient rien d'utile.

Je tapotai le bureau avec mon stylo et je mordillai ma lèvre inférieure.

— Es-tu certain qu'aucun des témoins de l'accusation n'accepte de nous parler avant le procès ?

— J'en suis sûr, répondit Charles en poussant un soupir de lassitude : ils ont tous dit *non*. Enfin, sauf une, mais je n'ai pas pu la joindre alors que j'ai essayé de l'appeler de nombreuses fois.

Il haussa les épaules et but une gorgée de café avant d'ajouter :

— Je ne suis pas certain qu'elle témoignera à la barre, de toute façon.

— Ah bon ? Qui est-ce ?

Je me penchai plus près, impatiente d'en apprendre davantage. Charles disposait-il de cette piste depuis longtemps ? J'aurais aimé qu'il m'en parle plus tôt.

Il sembla croire que ce n'était pas important en répondant nonchalamment :

— Michelle Hayes, la fille.

Mon cœur se mit à battre plus vite. Michelle pouvait-elle être la clé manquante pour déverrouiller une défense parfaite ?

— Ne t'enthousiasme pas trop, avertit Charles. Je te le dis, elle est totalement impossible à joindre.

— Tout comme cette affaire est impossible à

défendre ? plaisantai-je en lui faisant un sourire en coin.

J'eus soudain une idée sombre.

— Crois-tu qu'elle ne répond pas à tes appels parce qu'elle est coupable ?

— Absolument impossible. Elle adorait ses parents. Ils lui payaient *mucho* dollars pour faire des études dans des écoles privées, et elle revenait à la maison presque chaque week-end pour rendre visite à ses parents, alors que l'école se trouve à bien trois heures de route d'ici.

— Je pensais que tu n'arrivais pas à la joindre ? dis-je d'un ton suspicieux.

Il me semblait très rapide à défendre Michelle. Était-il possible qu'il ne partage pas tout ce qu'il savait avec moi ? Et si oui, pourquoi ?

Charles ne sembla pas perturbé par ma question et il serra fermement le café entre ses mains en disant :

— C'était dans la déclaration qu'elle a faite à la police.

— Quel est son numéro ?

Je traversai la pièce pour décrocher le téléphone. Cette semaine, Derek avait gracieusement accepté d'échanger son espace de travail avec moi, afin que Charles et moi puissions nous parler facilement pendant que je l'aidais dans l'affaire de Brock. C'était bien plus simple ainsi.

Jusqu'à ce que Charles m'arrache le téléphone des mains.

— C'est bien trop tôt le matin pour appeler une étudiante de dix-neuf ans. Tu penses qu'elle voudra nous parler si tu la tires d'un sommeil de mort ?

Je grimaçai à cause de son choix de mots, mais je finis par acquiescer.

— Plus tard, alors.

— Penses-tu que nous pourrons essayer une fois de plus avec les animaux, aujourd'hui ? demanda Charles avec un air de chiot battu qui ressemblait à celui de Yo-yo quand je l'avais rencontré pour la première fois.

— Oui. Pourquoi pas ?

Il nous fallait bien faire quelque chose. J'espérais aussi passer un coup de fil à Michelle dès qu'il avait le dos tourné.

— D'accord, dit Charles avant de laisser échapper un soupir de soulagement. Allons-y.

— Pas si vite, dis-je dans son dos.

Il avait déjà attrapé ses affaires et il était à mi-chemin de la porte. Il était très impatient. Charles se retourna vers moi, bien refroidi.

— Qu'est-ce qui ne va pas ?

— Il nous faut d'abord un plan.

Je revins à ma place et je tournai une nouvelle page de mon bloc-notes jaune vif.

Charles se rassit également, mais il agita les jambes d'un air nerveux.

Quand je fus certaine d'avoir son attention, je poursuivis :

— Nous devons traiter les animaux comme nous le ferions avec n'importe quel autre témoin, et il nous faut aborder Yo-yo comme un témoin vulnérable. Tu as vu le traumatisme qu'il a eu à la simple suggestion que ses propriétaires pouvaient être blessés. Nous ne pouvons pas le bouleverser à nouveau, sinon il pourrait se fermer complètement. De plus, si nous insistons trop, je m'inquiète de l'impact négatif durable sur sa santé mentale.

Charles réfléchit un instant à cela. Lorsqu'il reprit la parole, il avait cessé d'agiter les jambes.

— Penses-tu que Yo-yo a vu le meurtre ?

— Il pourrait très bien y avoir assisté, dis-je en hochant la tête.

Une lueur de compréhension étincela dans ses yeux couleur de pin.

— Il l'a vu, puis il a refoulé le souvenir pour se protéger.

— C'est ce que je pense.

Je portai le stylo à ma bouche, mais je m'arrêtai avant de commencer à ronger le bouchon. C'était une habitude que j'avais quand j'angoissais – une habitude dégoûtante – et je ne voulais surtout pas l'afficher devant Charles.

Heureusement, il ne sembla pas le remarquer.

— Comment faisons-nous pour qu'il prenne conscience de ses souvenirs cachés à temps pour sauver Brock ?

— Nous ne le faisons pas, dis-je en rebouchant le stylo et en le posant sur le bureau. Je pense que Yo-yo peut nous aider même sans se souvenir de ce qui est arrivé et sans savoir que ses propriétaires ont été tués. Je veux dire, qui connaît mieux une personne que son chien ? Il a vu leur routine quotidienne pendant des années. Il saura si quelque chose a changé peu de temps avant leur mort.

— C'est malin, dit Charles en hochant la tête, pendant que mon cœur gonflait secrètement en entendant ce compliment. Veux-tu prendre les rênes pour l'interrogatoire ?

— Oui, je veux bien.

Pour une raison que j'ignorais, je savais parler aux animaux. Au début, j'avais cru qu'aider Octo-Chat à résoudre le meurtre d'Ethel avait été un coup de chance, mais j'avais de plus en plus l'impression que ceci était ma vocation : découvrir la vérité, une créature poilue après l'autre.

Quelques heures plus tard, nous avions préparé une liste exhaustive de questions et d'encouragements et nous avions même simulé une conversation avec Yo-yo. Il ne restait plus qu'une variable que nous n'avions pas correctement prise en compte : Octo-Chat.

Son humeur changeait si régulièrement qu'il nous aurait fallu bien trop longtemps pour imaginer les différents scénarios qui nous attendaient alors que nous essayions de nous assurer sa coopération. De plus, j'avais trop honte d'avouer à Charles que je laissais Octo-Chat me marcher dessus quotidiennement. Nous avions donc l'intention d'arriver chez moi et de dire à Octo-Chat ce que nous attendions de lui, purement et simplement.

Oh, il allait certainement trouver un moyen de me punir, mais je pouvais supporter un peu de vomi de chat ou un nouveau coup de griffe si cela sauvait un homme innocent d'une vie en prison et que cela protégeait l'innocence d'un adorable terrier.

Nous nous arrêtâmes aux appartements Cliffside pour récupérer Yo-yo, puis nous fîmes un rapide détour à l'animalerie afin d'acheter un harnais et une laisse pour Octo-Chat. Malheureusement, le seul ensemble qu'ils avaient à sa taille était vert fluo avec une série d'os fluorescents imprimés le long de la laisse.

Ça allait être encore plus dur de le convaincre de mettre ça, mais nous n'avions pas le temps de passer dans différents magasins pour satisfaire la vanité de mon chat.

Effectivement, Octo-Chat rechigna lorsque je lui présentai son attirail de promenade tout neuf.

— Je résume : non seulement tu veux que je passe plus de temps à parler à Crétin pendant que tu regardes Upchuck avec des yeux de merlan frit, mais en plus tu t'attends à ce que je porte cette monstruosité ? *Madame, je suis un chat*, pas une espèce de chien pourri et vulgaire.

Je m'installai par terre devant lui en croisant les jambes, arrangeant mon visage de façon à ressembler le plus possible à un chiot apeuré.

— *S'il te plaît*. Ce n'est pas pour longtemps et je ne te le demanderais pas si ce n'était pas très important.

Il agita la queue quelques fois avant de répondre :

— Tu me le demandes donc ? Cela signifie que j'ai le choix. Je choisis *non*.

Je fis le signal dont nous avions convenu avec Charles, sachant d'avance qu'il allait sans doute être nécessaire. Derrière le chat, je le vis enfiler lentement une paire de gants de four et s'approcher d'Octo-Chat sur la pointe des pieds.

— Je veux juste que tu saches… dis-je à mon futur ennemi à fourrure. J'espérais ne pas en arriver là.

Octo-Chat écarquilla les yeux en comprenant ma trahison au moment où je criai :

— *Maintenant !*

Un cri de fureur résonna dans la maison lorsque Charles souleva mon chat dans ses bras, le serrant contre lui et surtout contre la volonté d'Octo-Chat.

— Bas les pattes, Upchuck ! hurla-t-il en donnant des coups de griffe dans toutes les directions. On ne me manquera pas de respect de cette façon !

— *Chhh*, fis-je en essayant vainement de l'amadouer pour qu'il accepte un peu tard que je fasse passer ses pattes dans le harnais. Si tu fais ça pour moi, si tu nous aides à découvrir qui a tué les propriétaires de Yo-yo, je te devrais une faveur. Cela peut être n'importe quelle faveur. Je te le jure. Aide-nous, s'il te plaît. Nous avons besoin de toi. Et si tu te souviens bien, j'ai risqué ma vie pour t'aider à ce que justice soit faite pour Ethel, il n'y a pas si longtemps.

À ces mots, toute la fureur s'évapora de son petit corps poilu et Octo-Chat poussa un grand soupir.

— Très bien, grogna-t-il pendant que j'attachais le harnais sous son ventre.

Charles le reposa sur le sol et Octo-Chat fit quelques pas chancelants. Sa fourrure pointait dans différentes directions à cause de la lutte et il eut quelques spasmes en rasant le sol d'un air agressif.

— Tu me dois une grande faveur, cria-t-il dans ma direction. La plus grande que tu aies jamais accordée à qui que ce soit de toutes tes neuf vies !

Je hochai la tête, pressée de mettre fin à cette confrontation. Je m'étais préparée à une bien plus grande dispute, mais les choses pouvaient toujours dégénérer si je ne faisais pas attention.

— Tu l'auras, promis-je. Ce que tu veux.

Octo-Chat laissa échapper un gloussement hysté-rique et les petits cheveux de ma nuque se dressèrent.

— Quoi ? demandai-je d'une voix soudain trem-blante et hésitante.

— Oh, tu verras. Vous le verrez tous !

Il désigna Charles de la patte, ce qui ne fit qu'aug-menter mon inquiétude, mais les exigences insensées de mon chat devaient attendre. D'ailleurs, j'avais sans doute intérêt à activer le contrôle parental sur la télévision pour décourager ce type de comportement de méchant dérangé. Mais pour l'instant, nous devions passer à la phase suivante de notre plan, juste au cas où il change soudain d'avis et retire son offre de nous aider.

— Sortons d'ici tant que nous le pouvons encore, dis-je à Charles en me penchant pour attacher la laisse au nouveau harnais d'Octo-Chat.

— Ce n'est pas du tout nécessaire, grommela le chat. Qu'est-ce qui te fait croire que je vais m'enfuir ? Souviens-toi, je t'ai choisie malgré tes nombreux, *nombreux* défauts.

— C'est davantage pour ta sécurité que pour ton obéissance, expliquai-je.

Même si Octo-Chat avait pleinement l'intention de rester avec nous pendant ce trajet, il avait tendance à devenir un chat différent dès l'instant où il posait la patte dehors. Dans la maison, il était un intellectuel calme prodiguant des commentaires continus et non sollicités sur ma vie. Une fois qu'il sortait à l'air libre, il devenait inconstant, imprévisible et nerveux. Il était possible qu'il aperçoive un papillon et qu'il le suive pendant cinq kilomètres avant de se rendre compte que nous n'étions pas en train de le chasser avec lui.

Oui, il pouvait être assez irritant, mais j'aimais

mon chat et je voulais le garder auprès de moi pendant encore de nombreuses années.

Malheureusement pour lui, cela impliquait qu'il doive porter un harnais.

J'espérais seulement que la faveur qu'il allait exiger de moi était quelque chose que je pouvais légalement et physiquement lui obtenir. On ne savait jamais, avec lui. C'était en partie la raison pour laquelle la vie était aussi excitante avec lui.

Et puis il y avait des jours comme celui-ci...

Je savais que le pire de son agitation restait à venir.

En attrapant une veste épaisse à manches longues dans le placard, j'inspirai profondément et je conduisis notre groupe hétéroclite jusqu'à la voiture de Charles.

Il était temps pour la phase deux.

9

Nous arrivâmes dans le vieux quartier des Hayes moins de dix minutes plus tard et Yo-yo reprit immédiatement du poil de la bête grâce aux odeurs et aux paysages familiers. Il aboya, hurla, gémit et pleurnicha avant même que nous puissions trouver un endroit pour garer la voiture.

— Que dit-il ? demandai-je à Octo-Chat, qui était scotché sur mes genoux côté passager.

Comme je ne conduisais pas cette fois, j'avais eu la fabuleuse idée d'apporter un coussin à placer entre ses griffes et moi. Je n'avais encore jamais profité d'un trajet en voiture aussi agréable avec mon chat agoraphobe.

Octo-Chat n'était évidemment pas ravi de se

trouver dans un véhicule en mouvement. Il fallut quelques instants avant qu'il réponde.

— Il appelle sa mère et son père pour leur faire savoir qu'il est rentré à la maison, expliqua-t-il entre deux halètements nerveux.

— Oh, c'est vraiment triste, répondis-je après avoir fait une rapide traduction pour Charles.

Malgré le sérieux évident de la situation, notre façon de communiquer me fit penser au jeu du téléphone en cour de récréation. Jusqu'où les mots de Yo-yo étaient-ils transformés en parvenant enfin jusqu'à Charles?

— C'est effectivement un témoin vulnérable, dit Charles en partageant mon analyse tout en s'approchant du trottoir pour garer la voiture. Le pauvre.

— Vous ne m'avez toujours pas dit le plan, râla Octo-Chat quand je l'aidai à sortir ses griffes du coussin et que je le posai doucement sur le trottoir.

Charles prit la laisse de Yo-yo et fit le tour de la voiture jusqu'à nous. Le terrier enthousiaste tira si fort sur sa laisse que sa respiration se mit à siffler.

— Oui. Crétin est vraiment un meilleur nom pour ce chien, dit Octo-Chat avec un sourire de satisfaction.

Il se sentait évidemment mieux maintenant qu'il était de retour sur la terre ferme.

— Et Upchuck correspond bien à l'humain, aussi.

— Oui, oui, tu es très doué pour les surnoms, dis-je pour l'amadouer en résistant à l'envie de lever les yeux au ciel maintenant qu'il savait ce que ça signifiait.

À la place, je choisis de répondre à sa question précédente.

— Le plan est de faire le tour du quartier et de voir ce que Yo-yo peut nous dire sur sa vie d'avant. Quelque chose pourrait nous donner un indice sur un meurtrier potentiel en dehors de Brock.

— Ne serait-ce pas plus facile si vous racontiez la vérité sur ce qui est arrivé à Crétin et que vous lui demandiez de l'aide ?

Octo-Chat semblait presque essayer de nous aider, mais je le soupçonnais d'avoir pour véritable objectif de mettre fin à son implication dans notre affaire dès que félinement possible.

— Non ! criai-je au moment où Yo-yo hurla et se mit à se tordre au bout de la laisse.

N'importe quel passant aurait cru que nous étions en train de torturer le pauvre yorkshire. Heureusement, la rue était déserte pour l'instant.

— Crétin dit qu'il veut connaître la vérité, expliqua Octo-Chat d'un air blasé et en bâillant.

— Grr, arrête de rendre les choses plus difficiles,

le grondai-je. Et arrête d'être aussi élitiste. Il s'appelle Yo-yo, et tu le sais.

— Oui, c'est moi qui rends les choses plus difficiles ici, dit mon chat en écarquillant les yeux en direction de la laisse fluo qui nous liait tous les deux.

Il laissa échapper un soupir exaspéré et détourna le regard.

J'en avais par-dessus la tête de ses plaintes, d'autant que Yo-yo paniquait toujours… et bruyamment. Je m'accroupis et je fixai fermement le chat du regard.

— Si tu veux avoir ta faveur en retour, tu vas faire les choses comme je les veux, compris ?

Il grimaça.

— Tu peux le dire. Pas besoin de le cracher. Et tu n'es pas obligée de crier non plus.

Bon, cette fois c'était sûr. J'allais restreindre son accès à la télévision. C'était déjà assez terrible quand il regardait des dessins animés éducatifs à toute heure de la journée, mais maintenant il s'était transformé en adolescent sarcastique… et c'était trop quand c'était associé à son tempérament félin déjà sarcastique. De plus, il devait apprendre que ses actes avaient des conséquences.

Pff. J'avais encore la vingtaine et pourtant j'étais déjà une sorte de mère célibataire pour un adolescent geignard. Je devais d'énormes excuses à ma famille et mes parents pour toutes les choses irritantes que j'avais faites quand j'étais moi-même une sale gamine.

— Sommes-nous d'accord ? demandai-je d'un ton appuyé en me relevant pendant ce temps,

Charles se pencha pour prendre Yo-yo dans ses bras afin qu'il arrête de se faire mal.

— Très bien, cracha Octo-Chat. Que veux-tu que je lui dise ?

Je fis un énorme sourire pour montrer à Octo-Chat que j'étais ravie de sa coopération. Je savais qu'il valait mieux ne pas dire que c'était un gentil chat devant d'autres personnes, même s'il adorait l'entendre quand nous étions tous les deux à la maison.

— Dis-lui que son père et sa mère sont en voyage pour l'instant, mais que nous allons faire une promenade ensemble dans son quartier parce que nous aimerions connaître tous ses meilleurs souvenirs avec eux.

— Tu te rends compte que ça va être une torture pour moi, n'est-ce pas ?

— Tu vas survivre, rétorquai-je.

Octo-Chat transmit le message à Yo-yo qui arrêta brièvement de haleter et remit la langue dans sa bouche. Quelques secondes plus tard, son enthousiasme revint et il lutta une fois de plus pour échapper à l'emprise de Charles.

— Prêts ? demanda Charles.

Quand je hochai la tête, il posa le terrier sur le sol et nous commençâmes tous les quatre à nous promener dans le quartier pendant que Yo-yo ouvrait fièrement la marche.

— Dois-je traduire tout ce qu'il dit ? gémit Octo-Chat moins d'une minute après le début de notre retour.

— Oui, tout.

Charles resta étrangement silencieux pendant que les animaux et moi bavardions. Lors des rares moments où nous croisions un autre promeneur, il parlait également afin que je paraisse un peu moins folle. Après tout, je promenais toujours un chat visiblement très fâché en laisse.

— Attention, il mord, avertit Charles lorsque deux dames en jogging et aux cheveux bleus semblèrent vouloir caresser Octo-Chat.

Octo-Chat siffla et cambra le dos pour faire bonne mesure, puis il rit quand elles accélérèrent le pas pour nous dépasser en marche sportive.

— C'était assez amusant, dit-il en se secouant.

— Merveilleux, je suis ravie que tu t'amuses. Maintenant, que dit Yo-yo ?

J'étais contente qu'Octo-Chat ait trouvé un moyen de rendre l'expérience plus supportable, mais nous avions besoin qu'il reste concentré sur la raison de ce trajet.

Le chat soupira et agita les moustaches en remuant les oreilles d'avant en arrière.

— Laisse-moi juste allumer mes récepteurs à Crétin... *Voilà*.

— Ha ha, tu es hilarant. Maintenant, arrête de faire ton sketch et commence à traduire.

— *D'accooooord*, répondit-il en étirant ce mot d'au moins sept syllabes avant de faire enfin ce que j'avais demandé.

Avec un soupir, il commença :

— Eh bien, ce rocher devant lequel nous sommes passés il y a quelques pas, c'est un de ses endroits préférés pour faire pipi. Un jour, il a vu un écureuil traverser la route ici et il courait si vite qu'il n'a pas réussi à le rattraper. Les oiseaux aiment se percher dans cet arbre là-bas. Il aime aussi faire pipi là-bas. En général, il y a un nid chaque printemps. Les enfants qui vivent dans cette maison devant nous aiment courir dans l'eau des arroseurs automatiques et ils l'invitent parfois à jouer...

Je commençais à comprendre son hésitation à traduire *tout* ce que disait Yo-yo. Tout défilait si vite que je ne pouvais pas le transmettre à Charles. Je lui fis un regard d'excuse avant de demander à Octo-Chat :

— Penses-tu pouvoir lui poser quelques questions pour moi ?

Il se contenta de continuer à marcher sans même me jeter un regard.

Je pris son silence pour un accord.

— Demande-lui s'il aime tous les gens qui vivent dans ce quartier.

— Il a dit : « oui, beaucoup », puis il m'a raconté la fois où il a vu deux voitures rouges à la suite dans ce pâté de maisons.

Il fallait que je continue à les encourager à parler, mais que j'empêche les hors sujet.

— Bill et Ruth étaient-ils particulièrement proches de quelqu'un par ici ?

— Apparemment, ils aimaient tout le monde et tout le monde les aimait, rapporta Octo-Chat.

Je commençais à me demander si notre petit terrier était un témoin très fiable. Il semblait voir le bon côté de tout le monde... et de toutes les situations également.

— Une piste ? demanda Charles.

Je secouai la tête et je donnai un coup de pied contre un caillou sur notre chemin.

— Non. Sauf si l'on compte les meilleurs endroits pour marquer son territoire dans le quartier.

Charles rit, mais je vis qu'il était au moins un peu – et sans doute *très* – déçu. J'étais sur le point de suggérer de repartir quand Yo-yo aboya sur un ton défensif. Il s'arrêta de marcher et devint tout raide, pointant le nez vers le jardin suivant.

— Qu'y a-t-il? demandai-je à mon chat en sentant l'excitation monter dans mes veines.

— Il dit que c'est la méchante dame. Il veut qu'elle s'en aille.

Je suivis le regard de Yo-yo jusqu'au panneau «à vendre» au bout du pâté de maisons. Il annonçait que la propriété était vendue par l'agence immobilière Calhoun et une photo de Brock souriant à côté de sa jumelle, Breanne, ornait le panneau.

— Une dame, hein? demandai-je prudemment. Pas un homme?

— Absolument une dame, confirma Octo-Chat. Il dit qu'elle le poussait toujours dans un placard quand des gens venaient visiter la maison et ça le rendait triste et effrayé.

— Tiens, je me demande s'il s'agit du même placard dans lequel les corps de Ruth et Bill ont été trouvés.

Octo-Chat inspira profondément et se tourna vers Yo-yo.

— *Ne traduis pas ça !* criai-je.

— Que sont-ils en train de dire ?

Charles me donna un coup de coude tout en me regardant avec jubilation.

— Avons-nous une piste ?

Je regardai le panneau, puis Yo-yo, et enfin Charles.

— Eh bien, le chien qui aime tout le monde a une impression très négative de Breanne Calhoun. Il semblerait que ça vaille le coup de lui rendre une petite visite.

* * *

Pendant que nous marchions jusqu'à la voiture, Charles passa un coup de fil à Breanne… du moins, il essaya.

— Je tombe directement sur le répondeur, dit-il avec un grognement frustré.

— Un texto ? suggérai-je.

Il envoya donc le message et il reçut presque immédiatement une réponse. Il me tendit le téléphone afin que je puisse le lire moi-même.

Je montre des maisons à un client. Tout va bien ?

Je rendis le téléphone à Charles qui composa sa réponse avec dextérité tout en disant chaque mot à haute voix pour me tenir au courant.

— Pouvons-nous nous voir au sujet de l'affaire ?

Une série rapide de messages suivirent et Charles transmit l'information :

— Elle ne peut pas ce soir, mais elle dit que nous pouvons passer demain quand nous voulons, après le déjeuner.

— Super, râlai-je.

Demain était jeudi et le reportage de ma mère devait être diffusé vendredi. Cela ne nous laissait pas beaucoup de temps, tout particulièrement si Breanne s'avérait être encore une autre fausse piste.

— Et maintenant ? demandai-je.

— J'ai un peu faim, répondit Charles. Connais-tu un endroit où nous pourrions manger un bon sandwich au homard ? J'en ai envie depuis que j'ai emménagé ici.

Je m'arrêtais net.

— Es-tu sérieux, Charles Longfellow le Troisième ?

— Quoi ? Qu'ai-je fait ?

— Depuis combien de temps es-tu dans le Maine sans goûter nos fameux *lobster rolls* ?

Il rit.

— Ai-je déjà dit que j'étais un peu obsédé par le travail ?

— Ça ne va pas du tout, Chuck, dis-je en me sentant enfin à l'aise avec son surnom. Puisque tu as attendu si longtemps, il ne te faut pas n'importe quel *lobster roll*. Il faut le meilleur.

— Ça me va tout à fait. Où peut-on trouver cela ?

— Allez viens, nous allons au Little Dog Diner. Je sais que tu vas adorer.

10

Notre détour pour dîner dans la ville de Misty Harbor était exactement ce dont Charles et moi avions besoin pour calmer nos nerfs. Bien sûr, nous nous étions arrêtés chez moi pour déposer Octo-Chat en chemin – ce pour quoi il nous était extrêmement reconnaissant – mais Yo-yo nous accompagna et nous mangeâmes à l'une de leurs tables extérieures donnant sur la baie. Même le chien eut un repas au poisson qu'il dévora avec aplomb. Je gardai une petite portion pour remercier Octo-Chat de nous avoir aidés et en espérant aussi qu'il ne soit pas trop dur avec moi au moment de révéler la faveur que je lui devais en retour.

Charles et moi bavardâmes en mangeant des sandwichs au homard jusqu'à ce que le ciel s'assombrisse et qu'une autre cliente du restaurant ait besoin de notre table. J'eus l'impression de reconnaître la dame aux cheveux roux pleins de volume qui nous approcha avec un sourire en demandant si elle pouvait prendre notre place, mais je n'arrivais pas tout à fait à la remettre. Quoi qu'il en soit, elle semblait occupée, car dès l'instant où nous rassemblâmes nos affaires pour partir, elle se laissa tomber sur une chaise et sortit un ordinateur portable de son sac. C'était avant même que le serveur ait pu retirer nos assiettes.

Je me sentis mal pour elle qui n'avait personne avec qui dîner par cette belle soirée du mercredi. En même temps, j'aurais été à la maison en pyjama à me disputer avec Octo-Chat s'il n'y avait pas eu cette sortie improvisée avec Charles.

— Tu as vu, dit-il en me donnant un coup d'épaule. Au moins, je sais qu'il ne faut pas mélanger le travail et les *lobster rolls*.

Le travail, argh. Oui, notre pause momentanée venait de prendre fin. Il ne restait plus beaucoup de temps maintenant.

— Pouvons-nous essayer d'appeler Michelle, maintenant? suggérai-je pendant notre retour jusqu'au parking.

— Bien sûr, utilise mon téléphone. J'ai enregistré son numéro en cas de besoin.

Je tentai ma chance, mais je fus envoyée directement sur le répondeur où une voix robotique m'informa que la messagerie était pleine et ne pouvait donc pas accepter de nouveaux messages.

— C'est raté, dis-je avec un soupir abattu.

— Hé. Au moins, demain est un autre jour, me dit Charles avec un regard pensif.

Oui, un autre jour... et le dernier jour complet que nous avions pour prouver l'innocence de Brock et empêcher ma mère de diffuser son grand reportage. Même avec l'aide des animaux, ça ne s'avérait pas aussi facile que je l'avais espéré.

Pouvions-nous compter sur un nouveau jour pour renverser la situation ?

* * *

JEUDI

Charles et moi travaillâmes une matinée complète au cabinet avant de nous rendre à l'agence immobilière Calhoun autour de midi. Il avait plus ou moins insisté pour que nous prenions les animaux avec nous, mais je parvins heureusement à le convaincre qu'il nous fallait d'abord rencontrer Breanne avant d'impliquer Octo-Chat et Yo-yo… d'autant plus que nous ne savions pas comment le petit chien allait réagir en voyant Breanne en personne. Si elle était notre tueuse et que les souvenirs de Yo-yo revenaient d'un coup, cela pouvait dégénérer. Et, d'après sa réaction en voyant seulement sa photo la veille, c'était une véritable possibilité.

Il nous fallut attendre plus d'une demi-heure avant que Breanne nous fasse entrer dans son bureau. Même si j'étais certaine qu'elle était très occupée, cela me donna immédiatement une mauvaise impression. Une des choses qui m'irritaient le plus était les gens qui ne respectaient pas le temps des autres. Ne savait-elle pas que la liberté de son frère était en jeu ?

— Pardon pour ce retard, dit-elle quand elle nous fit enfin signe d'entrer dans son bureau privé.

Bien sûr, elle ne semblait pas du tout culpabiliser, malgré ses paroles affirmant le contraire.

Charles et moi nous installâmes sur les chaises assorties devant son bureau et nous attendîmes que Breanne s'installe à son tour. Elle semblait plutôt agacée par notre arrivée, alors qu'elle était au courant.

— Comment allez-vous ? demanda Charles avec le

même visage fermé qu'il avait utilisé en parlant à Brock en prison.

— Pas très bien, avoua-t-elle en rassemblant ses cheveux châtains en un chignon désordonné dans son cou.

Avec ses cheveux tirés en arrière, je remarquai comme elle ressemblait à son frère. C'était pourtant logique, puisqu'ils étaient jumeaux, mais la similarité était néanmoins remarquable et un peu surprenante. Les seules différences semblaient être la courbe féminine du visage de Breanne et son autre couleur de cheveux.

Elle avait les traits tirés par le désarroi lorsqu'elle se lança dans une longue explication.

— La moitié des gens à qui je fais faire des visites ne veulent même pas de maison. Ils veulent seulement parler de mon frère. Ou pire, parfois ils veulent m'incendier à sa place. Malgré tout, je prends toutes les heures supplémentaires que je peux, parce que votre cabinet n'est pas donné. Et si Brock est condamné, je peux dire adieu à mon agence.

Breanne eut un rire sarcastique et soupira longuement.

— Alors oui, pas très bien.

— Je suis vraiment désolé de perturber votre emploi du temps surchargé, dit Charles.

Il n'avait pas l'air très désolé non plus.

— Mais nous devons explorer toutes les pistes possibles et votre frère a demandé que je vous tienne au courant de tous les nouveaux développements de cette affaire.

Je m'agitai sur ma chaise, mal à l'aise, en faisant de mon mieux pour ne pas la fixer avec hostilité. Si j'avais bien appris une chose au cours des derniers mois, c'était que la parole des animaux était plus digne de confiance que celle des humains. Il était possible que Breanne joue seulement le rôle de la sœur injustement lésée alors qu'elle faisait porter le chapeau du crime qu'elle avait commis à son pauvre frère.

Bien sûr, la preuve la plus convaincante de ma théorie était le fait que le joyeux yorkie aimant tout le monde perdait son assurance et se mettait sur la défensive quand on le confrontait simplement à une photo d'elle.

Que signifiait ce comportement?

J'aurais aimé que Charles accepte l'idée que Mamie nous accompagne. Elle aurait pu enquêter comme une pro pendant que Charles et moi parlions directement avec Breanne. Je n'avais rencontré cette agente immobilière que depuis quelques minutes et je savais déjà que je n'avais pas intérêt à croire un seul mot qui sortait de sa bouche rouge de gloss.

— Y a-t-il eu une avancée? demanda Breanne en croisant les jambes au-dessus du genou et en fixant Charles. Allez-y, dites-le-moi.

Charles me regarda et inspira profondément. Oh, j'espérai qu'il n'avait pas l'intention de lui parler des animaux bavards ou du fait que nous la soupçonnions maintenant à cause d'eux.

— Voici Angie Russo, dit-il en faisant un geste vers moi.

Je souris et j'agitai les doigts vers elle d'un air gêné.

— C'est la meilleure assistante juridique de Blueberry Bay et elle vient récemment de se joindre à moi pour m'aider à défendre votre frère.

— Tout ça est très bien, dit Breanne en secouant la tête d'un air déçu. Mais j'ai engagé un avocat, pas une assistante juridique. Avec tout ce que je vous paie, monsieur Thompson aurait vraiment dû défendre cette affaire lui-même. Dites-moi s'il vous plaît que vous n'avez pas demandé à me rencontrer juste pour me dire que vous avez une nouvelle assistante. Ce n'est pas le genre de nouvelle pour lesquelles je dois payer 275 $ de l'heure !

— Ne vous inquiétez pas. Cette visite ne sera pas facturée, dit Charles avec un sourire mielleux.

Cela sembla fonctionner.

— Ah bon? dit la jolie femme en s'asseyant un peu plus droite sur sa chaise. Dans ce cas, comment puis-je vous aider aujourd'hui?

— En revoyant les documents avec Angie, nous avons eu quelques nouvelles questions au sujet de la scène de crime. Serait-il possible d'y jeter un autre coup d'œil cet après-midi?

— Vous voulez revoir la maison, dit-elle d'un ton monotone. Je suppose qu'il n'y a pas de problème.

— Super, merci beaucoup.

Charles se leva et tendit la main au-dessus du bureau. Si vous voulez bien nous donner la clé, nous irons tout de suite.

— Pas si vite, dit Breanne. J'ai déjà le service des permis immobiliers sur le dos et ils me surveillent de près. Même si Brock est disculpé, le fait est que le tueur aurait pu obtenir l'accès à la maison des Hayes grâce à mon coffre de sécurité pour les clés. Quelques personnes ont même suggéré que je ne l'avais peut-être pas refermé correctement et que c'est pour cela que mes clients ont été assassinés. Vous arrivez à le croire, vous?

— Pas de chance, marmonnai-je.

Apparemment, ce n'était pas ce qu'il fallait dire.

Breanne plissa les yeux en me regardant et elle pinça les lèvres d'un air pensif avant de se retourner vers Charles.

— Quel est son nom déjà ?

— Angie Russo, répondis-je en ne tendant volontairement pas la main pour cette nouvelle présentation. Maintenant, pouvons-nous s'il vous plaît aller visiter la maison ?

Son regard se reporta à nouveau sur moi et cette fois, elle afficha un rictus de mépris. On s'observa quelques instants avant que Breanne finisse par céder et nous accompagne hors de son bureau.

— Nous vous rejoindrons à la maison dans un quart d'heure environ, dit Charles. Nous devons faire un arrêt d'abord.

— Très bien, mais s'il vous plaît, ne mettez pas plus longtemps que ça. J'ai beaucoup de paperasse à faire ce soir et je n'aimerais pas y passer la nuit.

Je ne dis rien jusqu'à être en sécurité dans la voiture de Charles.

— Eh bien, n'est-elle pas adorable ? ricanai-je.

Charles sembla pensif en regardant Breanne s'éloigner dans son grand SUV rouge cerise.

— Elle subit beaucoup de pression ces jours-ci. Peut-être même pire que son frère, expliqua-t-il.

Son regard devint presque tendre, ce qui me mit mal à l'aise.

— Mais ça ne veut pas dire qu'elle peut être impolie, rétorquai-je. Quel est ton plan par rapport à la maison, d'ailleurs? Je pensais que le but de cette visite était de découvrir si Breanne faisait porter le chapeau à son frère pour les meurtres.

— Nous ne pouvons pas vraiment demander directement à une cliente si elle est coupable, d'autant qu'elle n'est pas celle que nous avons été engagés à défendre. Je me suis dit que nous pouvions passer chercher les animaux, prendre les dossiers, et examiner l'endroit. Après tout, tu n'as pas encore vu la scène de crime. Tu pourrais remarquer un détail que j'ai raté. Yo-yo pourrait se rappeler quelque chose en revenant à l'intérieur.

— Hier, Yo-yo semblait plutôt convaincu que Breanne était coupable. Il l'a même traitée de « méchante dame », rappelai-je.

Charles regarda droit devant lui, comme s'il rassemblait des pensées privées, des pensées qu'il n'était pas tout à fait prêt à partager avec moi.

— Oui, eh bien, je connais Breanne mieux que toi, et je ne pense toujours pas qu'elle a commis les meurtres.

— Et moi si, rétorquai-je en croisant les bras comme une enfant en colère.

Si je ne me sentais pas jalouse de Breanne auparavant, c'était le cas maintenant que Charles semblait faire de gros efforts pour la défendre malgré nos preuves contre elle. Apparemment, mon béguin avait redoublé de puissance.

Octo-Chat avait peut-être raison. Il me fallait trouver quelqu'un qui aimait les chats afin de me caser et d'oublier Chuck.

Mais il fit alors un grand sourire de toutes ses dents, attrapa ma main et la serra.

— Il n'y a qu'un seul moyen de le découvrir. Allons-y.

Je retins mon souffle. Oh, oui, j'étais prête à le suivre partout. Pas seulement parce qu'il était beau, mais aussi parce qu'il était intelligent, aimable et avec un fort sentiment de justice.

Et tout cela était une bonne chose, puisque nous nous rendions à l'endroit où deux personnes venaient récemment d'être assassinées.

11

Charles et moi arrivâmes à la maison des Hayes quelque vingt minutes plus tard et nous trouvâmes Breanne qui nous attendait dans son SUV dans l'allée. Quand on descendit chacun avec un compagnon animal, elle sortit à toute vitesse et claqua la portière avec une force dont je ne l'aurais pas crue capable.

Yo-yo grogna et montra ses petites incisives, mais il ne chercha pas à s'échapper des bras de Charles malgré son angoisse à l'idée de passer plus de temps avec la personne qu'il détestait et malgré sa joie débridée d'être enfin rentré chez lui.

— Que faites-vous avec ces animaux? demanda Breanne en s'avançant vers nous et en bloquant notre chemin jusqu'à la maison.

Octo-Chat et moi traversâmes la pelouse pour entrer dans l'habitation, laissant Charles charmer l'agente immobilière fâchée, puisque nous ne pouvions pas lui être d'une grande aide.

Dès le seuil, l'odeur vive des produits chimiques assaillit mon nez.

Octo-Chat le sentit aussi et il se mit immédiatement à frotter la patte sur son visage.

— Berk, berk, berk, se plaignit-il à chaque pas que nous faisions dans la maison. Vous autres les humains vous avez un don pour salir votre environnement. Je ne sais pas combien de temps je vais pouvoir supporter cette odeur.

— Moi non plus, dis-je en soulevant le col de mon tee-shirt que je posai sur mon nez afin de filtrer l'air de façon improvisée. Je suppose qu'ils ont dû nettoyer en profondeur après...

Octo-Chat prit le relais quand je me tus.

— Les meurtres brutaux ? Oui.

Ses mots étaient étouffés par sa patte.

Je le regardai en me demandant où nous devions nous rendre ensuite, mais le chat m'ignora. À la place, il leva la tête et inspira courageusement de l'air avant de se mettre à trottiner tout droit vers les escaliers, sans une seconde d'hésitation supplémentaire.

— Attends, criai-je en essayant vainement de le rattraper. Où vas-tu ?

Il ne répondit pas, mais après être moi-même montée d'un étage, je le trouvai assis dans une chambre au bout du couloir. La grande pièce était entièrement vidée de ses meubles, contrairement aux autres chambres devant lesquelles j'étais passée. Elle semblait également être la source de la forte odeur chimique, mais en dehors de cela, les murs et la moquette semblaient immaculés et intacts.

Je me sentis coupable de marcher dans la pièce, mais cette sensation me quitta lorsque je parvins à ouvrir les fenêtres et à faire entrer de l'air frais non toxique.

Octo-Chat sauta avec reconnaissance sur le rebord de la fenêtre

— Maintenant, je peux à nouveau respirer, dit-il avec un soupir de contentement. Pendant un moment, j'ai cru que moi aussi, j'allais mourir dans cette maison.

Je posai les mains sur mes hanches et je le fixai.

— Trop tôt, Octo. Trop tôt.

Il agita la queue.

— Ma punition est-elle de perdre encore une partie de mon nom ? Qu'est-il arrivé au *Chat* dans *Octo-Chat* ? Hein ?

— Je ne sais pas, répondis-je sincèrement malgré un sourire sournois qui s'étalait sur mon visage. Dernièrement, c'est toi qui donnes de nombreux surnoms à tout le monde, alors j'ai dû me dire que j'allais essayer. De plus, contrairement à toi, j'essaie de détendre un peu l'atmosphère, vu que je pense que c'est dans cette pièce que Bill et Ruth sont morts.

— C'est dans cette pièce qu'ils ont été *assassinés*, tu veux dire, rectifia Octo-Chat en prenant soin de bien prononcer ce terme terrible. Et n'oublie pas le *Chat* la prochaine fois. C'est la partie la plus importante de mon nom.

— Très bien, mais essayons de nous concentrer, maintenant. D'accord? C'est ici que deux personnes ont été tuées.

Je baissai la voix jusqu'à chuchoter, au cas où Breanne pouvait nous entendre de l'extérieur. Je ne l'entendais pas et je ne savais pas où étaient Charles, Yo-yo et elle à ce moment-là, alors tout allait peut-être bien pour l'instant. Malgré tout, il était important de toujours faire très attention avant de révéler que j'étais bizarre.

— Il nous faut voir ce que nous pouvons découvrir pendant que nous sommes ici et que nous avons l'occasion de fouiller.

— Oui, patron, dit mon chat d'un ton sarcastique et avec un autre coup de queue énergique.

Un oiseau gazouilla dans l'arbre devant la fenêtre et attira immédiatement son attention. Octo-Chat se releva lentement sur ses pattes en gardant la tête parfaitement immobile, puis il agita le derrière et lâcha une imitation ridicule de chant d'oiseau.

Au lieu de me moquer de lui, je levai les yeux au ciel et je fis le tour de la pièce. Un de nous devait se mettre au travail avant que cette fabuleuse occasion d'enquêter nous échappe. Et apparemment, il fallait que ce soit moi.

Dans un petit coin, je trouvai la porte d'un dressing impressionnant. C'était ici que les corps avaient été retrouvés, bien que rien – en dehors de l'odeur chimique – n'indiquait plus cet événement ignoble et désagréablement récent. C'était simplement un espace vide ordinaire.

— C'est ici qu'ils ont été trouvés, dit Charles en s'approchant de moi par-derrière et en me faisant sursauter.

— Tu ne peux pas surprendre quelqu'un au milieu d'une scène de crime ! sifflai-je en me tournant vers lui afin qu'il puisse lire le mécontentement sur mon visage.

Il fronça les sourcils et sa bouche s'inversa. Bon, il semblait au moins le regretter.

— Pardon pour ça. Je ne voulais pas te faire peur, mais je m'inquiète aussi parce que nous n'avons pas beaucoup de temps. Breanne n'est pas du tout contente et elle a même menacé d'appeler Thompson pour se plaindre.

Je secouai la tête et je fis un pas en arrière quand je remarquai que Charles et moi étions encore bien trop proches l'un de l'autre. J'en pinçais pour ce type, d'accord, mais ça ne me semblait être ni le moment ni l'endroit.

— Tout ça parce que nous avons pris quelques animaux avec nous ? A-t-elle reconnu Yo-yo ?

En entendant son nom, le yorkshire entra en courant dans la pièce, décrivant de grands cercles à une telle vitesse qu'il n'était plus qu'une tâche grise et marron très floue.

— Eh bien, quelqu'un est pris de folie, déclara Octo-Chat en sautant du rebord de la fenêtre et en rejoignant Charles et moi près du dressing. De plus, il a fait partir mon oiseau. Je l'avais presque.

Je décidai de ne pas mentionner qu'Octo-Chat était aussi pris de folie parfois et qu'il était absolument impossible qu'il attrape cet oiseau... pas seulement parce que son chant d'oiseau était extrêmement peu convaincant, mais aussi à cause de la mousti-quaire entre eux. Si l'on ajoutait à cela son incapacité à voler, nous avions la définition même d'une situation impossible.

Nous regardâmes le chien qui courait joyeusement en rond jusqu'à se laisser tomber, épuisé et haletant au milieu de la chambre.

— Que se passe-t-il avec Breanne? demandai-je à Charles pendant qu'Octo-Chat s'approchait consciencieusement du chien et démarrait une conversation avec lui.

— Elle dit que nous dépassons les bornes et elle remet en cause notre santé mentale.

Son visage resta indéchiffrable lorsqu'il annonça cette nouvelle désagréable, mais je devinais ce qu'il devait ressentir à ce moment.

Mon cœur se mit à galoper. C'était déjà assez terrible que Charles soit au courant de mon secret, mais maintenant il en parlait à d'autres aussi?

— Tu ne lui as pas parlé de…

— Non, m'interrompit-il. Mais il fallait bien que je dise quelque chose, alors j'ai affirmé qu'il s'agissait d'animaux de soutien émotionnel.

Eh bien, pas étonnant qu'elle nous croie fous. Charles l'avait à peu près confirmé pour elle.

— Combien de temps avons-nous? demandai-je,

incapable de résister à l'envie de ronger un bout de peau près de mon ongle. Il fallait vraiment que je me fasse plaisir avec une manucure à la fin de cette affaire.

— Une demi-heure, maxi, révéla-t-il avec un autre froncement de sourcils.

— Alors, nous ferions mieux de nous y mettre.

Je m'approchai lentement des animaux et je m'assis à côté d'eux, les jambes croisées. Avec un peu de chance, l'odeur chimique sur la moquette n'allait pas déteindre sur mes vêtements, et sinon, c'était un petit prix à payer pour une information qui pouvait sauver Brock.

— Qu'a-t-il dit? demandai-je à Octo-Chat en jetant un coup d'œil vers notre témoin canin.

— Beaucoup de choses. Beaucoup trop de choses, dit Octo-Chat en se roulant sur le dos. Il semblait complètement épuisé alors qu'il ne pouvait pas avoir parlé à Yo-yo plus de deux minutes avant que je l'interrompe.

— Tu veux bien m'en dire une ou deux? insistai-je en résistant à l'envie de caresser son ventre tout doux.

Quelque chose me disait qu'il cherchait déjà une raison de mordre pour évacuer son angoisse, et aucun de nous n'avait besoin d'hostilité supplémentaire sur le moment.

Il bâilla et l'odeur du petit-déjeuner au thon dans son haleine se mélangea aux produits chimiques de la moquette, faisant tourner la bile dans mon estomac.

— Quelque chose au sujet de ses propriétaires et que la maison lui manquait. Il était dans le placard. Ils étaient dans le placard. Bla-bla-bla.

— Quoi? Pas de *bla-bla-bla*. Qu'a-t-il dit? Ses paroles exactes, s'il te plaît.

Je le poussai jusqu'à le faire rouler sur le côté et je le forçai à me regarder.

Octo-Chat grogna, se leva et se décala de quelques dizaines de centimètres afin d'être hors de ma portée.

— Je t'ai dit tout ce dont je me souviens. Il parle vite. Et continuellement, d'ailleurs. Au bout d'un moment, tout se mélange.

Mmm, un peu comme Octo-Chat lui-même.

Je poussai un grognement et Yo-yo grimpa sur mes genoux pour me lécher fébrilement le visage.

— Je n'arrive pas à y croire, dis-je à mon vilain chat. Nous sommes venus ici spécifiquement pour enquêter sur un meurtre et tu ne veux même pas prendre la peine de faire attention pendant deux minutes?

— Je ne suis pas obligé de rester ici et d'écouter ça, dit Octo-Chat en se levant, très agité, avant de trotter hors de la chambre.

Yo-yo se redressa sur mes genoux, puis il sauta à la poursuite du chat.

— Eh bien, je suppose que nous avons encore moins de temps maintenant, dis-je à Charles en me levant à mon tour. Où est Breanne, d'ailleurs?

Il se tenait dans le dressing et il étudiait les murs comme s'il s'agissait de la chose la plus intéressante au monde.

— Dans son SUV, marmonna-t-il sans détourner le regard du mur. Elle a dit avoir quelques coups de fil à passer.

J'avalai l'énorme boule dans ma gorge. Nous savions tous les deux que l'un de ces appels était peut-être à notre patron. Nous devions profiter au maximum du temps que nous passions ici, mais je devais aussi faire attention en ce qui concernait mon patron. Monsieur Fulton avait toujours été aimable et positif sur mon travail, mais monsieur Thompson – le seul associé restant – montrait qu'il ne m'aimait pas à chaque occasion.

Si Bethany avait raison en affirmant qu'il voulait jeter Charles aux lions avec cette affaire impossible à gagner, j'étais certaine qu'il serait très heureux de se débarrasser aussi de moi.

Soupir. Pourquoi rien n'était jamais facile?

— Devons-nous les suivre? demandai-je en désignant du menton la porte par laquelle les animaux venaient de partir bruyamment.

Charles me regarda, puis la porte, puis encore moi avant de secouer la tête.

— Dans un moment. D'abord, il y a quelque chose dans cette scène de crime qui m'a toujours parue un peu étrange. Tu peux éventuellement m'aider à comprendre.

Il ouvrit son sac en bandoulière et en sortit l'énorme dossier des documents de l'accusation.

Comme je le craignais, il passa directement aux photos des corps ensanglantés et sans vie de Bill et Ruth. Je n'avais pas souhaité voir ces photos la première fois et je ne voulais certainement pas les voir maintenant.

Mais je ne voulais pas non plus qu'un homme innocent passe le reste de sa vie en prison, alors je sortis des antiacides de mon sac, j'en plaçai un sur ma langue et je me forçai à examiner les photos que Charles me tendait maintenant.

Je les examinai de près, cette fois. Attentivement. Comme Charles me l'avait demandé.

Et vous savez quoi? Nous trouvâmes enfin quelque chose qui pouvait nous aider.

12

Je n'ai pas beaucoup d'expérience avec les scènes de crime ou de meurtre, mais quelque chose sur ces photos me sauta aux yeux.

— Pouvons-nous les poser dans le dressing ? demandai-je en les poussant vers Charles.

Il hocha la tête, se mit à quatre pattes, puis disposa les photos aux endroits correspondants de l'espace. Ensemble, nous passâmes quelques minutes à nous assurer que les angles étaient parfaitement représentés.

— D'accord, explique-moi ce qu'il s'est passé, dis-je en me frottant le menton avec le côté de l'index. Que savons-nous exactement d'après ces photos ?

Charles en indiqua une sur le côté gauche de ce que nous avions étalé.

— D'après l'angle des gouttes de sang, nous savons que le tueur s'est approché des victimes depuis la droite.

Nous étudiâmes tous deux le mur qui avait un jour été rouge de sang. Maintenant il était comme neuf et parfaitement blanc.

— D'accord, quoi d'autre ?

Je me rongeai un ongle maintenant que l'anti-acide était entièrement dissous. J'avais besoin de quelque chose pour m'ancrer dans le présent afin que mes peurs ne finissent pas par prendre le dessus.

Charles balaya l'arc de photos du regard avant de se retourner vers moi.

— Eh bien, nous pensons que Bill a été tué le premier et que Ruth a été tuée quelques minutes après, quand elle est venue voir ce qu'il se passait.

Je n'avais pas encore entendu cela, mais je n'avais pas non plus demandé plus de détails au sujet de la scène de crime. Une chose était certaine : il fallait vraiment que je travaille à m'endurcir ou au moins à renforcer mon estomac dans ce domaine… d'autant plus qu'apparemment, enquêter sur des meurtres devenait en quelque sorte une habitude pour moi.

Je hochai la tête.

— D'accord. Qu'est-ce qui te fait dire ça ?

— Le sang de Bill était plus imprégné dans la

moquette et étalé plus largement que celui de Ruth, mais il n'y a eu que quelques minutes entre les deux meurtres, alors c'est difficile à dire, expliqua Charles en gardant une voix calme.

Je me demandai si le fait de penser à ces deux assassinats brutaux le perturbait autant que moi. Si c'était le cas, il ne montrait pas du tout ce qu'il ressentait.

— Mmm, dis-je en réfléchissant autant à mon partenaire d'enquête qu'aux informations qu'il présentait.

Après un moment de silence tendu, je sortis un crayon de mon sac et je fis de mon mieux pour tracer la zone éclaboussée par le sang sur le mur. L'art était un de mes nombreux talents ratés, mais je ne m'en sortais pas si mal quand même.

Charles paniqua et essaya de m'arracher le crayon.

— Que fais-tu ? demanda-t-il avec un regard horrifié sur son beau visage.

Je devais cependant admettre qu'il semblait moins beau aujourd'hui qu'il ne l'avait été au début de la semaine. Je commençais peut-être inconsciemment à lui associer le double meurtre des Hayes, ce qui ne donnait pas du tout envie de se pâmer d'admiration et de désir.

— J'essaie d'associer les preuves à la conclusion.

Je me sentis très Sherlock Holmes à ce moment-là. Enfin, si Holmes avait secrètement eu un béguin par intermittence pour Watson. D'accord, je n'avais encore rien trouvé de révolutionnaire, mais quelque chose me disait que si je continuais à suivre cette idée, nous allions trouver exactement ce dont nous avions besoin pour sauver Brock.

Malheureusement, mon Watson n'était pas très favorable à mes tactiques actuelles.

Il objecta :

— Mais Breanne...

— Elle est déjà fâchée, dis-je en serrant les dents. Ce n'est pas comme si j'allais empirer la situation.

Charles soupira, mais il s'écarta et me laissa terminer mon travail.

En ignorant les gouttelettes, je reproduisis soigneusement le contour de l'éclaboussure principale. Quelques minutes plus tard, je fis un pas en arrière, satisfaite par mon effort.

— Maintenant, dis-je en m'essuyant les mains sur mon pantalon alors que je ne les avais pas du tout salies. Nous devons finir de mettre la situation en scène. Tu es Bill et je serai le tueur. As-tu quelque chose qui pourrait fonctionner comme un marteau ?

— Euh...

Charles se balança d'un pied sur l'autre, mal à l'aise. Il semblait ne pas du tout comprendre de quoi je parlais, mais je ne voulais pas perdre de temps à lui expliquer, d'autant plus que Breanne pouvait débarquer et nous interrompre d'une minute à l'autre.

— Peu importe, ceci fera l'affaire.

J'attrapai la laisse fluo d'Octo-Chat et je la pliai plusieurs fois pour recréer approximativement la longueur d'un marteau standard, puis je l'attachai à chaque bout avec un élastique à cheveux.

— As-tu des post-its là-dedans?

Charles fouilla dans son sac, puis il sortit un mini carnet de notes adhésives aux couleurs vives qu'il me tendit promptement.

— On ne sait jamais quand ça peut être pratique, dit-il en haussant les épaules. En fait, je ne sais toujours pas en quoi ils vont nous aider maintenant, mais je suis prête à le découvrir.

— Bien, dis-je en le dévisageant soigneusement pendant un moment.

Il sourit au lieu de grimacer, ce que je considérai comme un bon signe.

— Maintenant, va t'allonger à la façon dont Bill a été retrouvé et au même endroit.

Il s'allongea doucement sur le ventre et plaça les bras au-dessus de sa tête à des angles étranges. C'était bizarre de le voir étalé là comme la victime de nos photos... surtout que mon esprit ajoutait automatiquement les détails manquants comme le sang et les énormes hématomes.

Je secouai la tête pour effacer l'image ignoble de l'écran magique de mon esprit, puis je ramassai la photo du corps à plat ventre de Bill et je posai une série de pastilles sur le dos de Charles et sur sa tête aux endroits où le marteau avait blessé Bill. Il y en avait trois au total : un près de la base de sa nuque, un sur le côté de son visage, et le dernier en haut de son dos, près de son col.

— C'est bon. Maintenant, lève-toi, ordonnai-je en faisant un pas en arrière pour lui laisser la place.

Il obéit sans rien dire. Je voyais qu'il était intrigué et qu'il voulait comprendre où je voulais en venir.

— Quelle taille faisait Bill ? demandai-je en faisant signe à mon collègue de se retourner pour que je puisse étudier son dos de derrière.

— Environ un mètre soixante-dix-huit, répondit-il après avoir réfléchi brièvement.

— Et quelle taille fais-tu ?

— Un mètre quatre-vingt-trois.

— Maintenant, quelle taille fait Brock ?

— Un mètre quatre-vingt-treize.

Je gardai tous les nombres dans ma tête, ajoutant

ma taille d'un mètre soixante-dix au mélange en faisant semblant de frapper chaque post-it avec mon arme du crime improvisée. Je pris en photo chaque coup avec l'appareil de mon téléphone.

— Bien. Tu peux te retourner maintenant.

Je fouillai rapidement la plateforme de téléchargement et j'installai une application servant à mesurer pendant que j'expliquais les étapes suivantes à Charles.

— Brock fait quinze centimètres de plus que Bill. Nous allons donc me rendre quinze centimètres plus grande que toi. Peux-tu t'accroupir environ à cette hauteur?

Je fis monter le téléphone depuis le sol jusqu'à la hauteur de mes épaules et je le gardai là pendant que Charles se mettait en position. Il trembla un peu pendant que je recommençais mes mesures et que je prenais systématiquement des photos.

— Maintenant, regarde ça avec moi, dis-je en l'aidant à se relever afin que nous puissions tous les deux examiner les six nouvelles photos sur mon téléphone. Les trois premières ont été prises quand nous faisions tous les deux notre taille normale, et les trois suivantes quand nous avons récréé la différence de taille entre Bill et Brock. Que remarques-tu?

Charles me prit le téléphone avec enthousiasme et

passa d'une photo à l'autre en les examinant plusieurs fois, puis nous plaçâmes mon téléphone sur le sol à côté des photos de la scène de crime de Bill. Il scruta les murs où j'avais tracé le chemin des gouttes de sang avant de revoir les photos.

— D'après l'angle des éclaboussures et le placement des blessures, les premières photos semblent bien plus correctes.

Je hochai la tête.

— Si Brock avait frappé Bill, il aurait dû tourner les poignets de façon bizarre comme ceci et faire des gestes amples comme pour jouer au golf. Cela aurait été bien plus naturel – et plus efficace – de le frapper d'en haut.

— Tu penses donc que quelqu'un de plus petit a commis le crime?

— Je le pense, mais mettons en scène la mort de Ruth avant de décider.

Nous recommençâmes tous les mouvements, avec moi qui faisais la victime, cette fois. Ruth était tombée à cause d'un seul coup directement sur le haut de son crâne.

— Tu vois, dis-je à Charles en parcourant les photos suivantes. Pourquoi le meurtrier aurait-il frappé Ruth sur le sommet du crâne et pas Bill?

— Parce qu'il ne pouvait pas atteindre celui de Bill, répondit Charles d'un ton excité.

Je hochai la tête, heureuse de voir que mon compagnon comprenait et soutenait ma théorie.

— À vrai dire, je suis à peu près certaine que le coupable est une femme. Ou un homme très petit. Quoi qu'il en soit, ce n'est pas Brock.

— Alors, nous cherchons quelqu'un d'environ...

Son regard trouva le mien.

— Ma taille, oui, confirmai-je.

Charles attrapa le dossier des documents de l'accusation et le parcourut rapidement en marmonnant les noms de chaque témoin et individu potentiellement concerné.

— Ça ne pouvait pas être Brock. Ce n'était pas non plus le patron de Bill. Ils sont tous deux trop grands.

Je savais déjà exactement qui étais impliqué par ces nouvelles preuves, mais je voulais que Charles y arrive par lui-même.

— Presque tout le monde est soit trop grand, soit trop petit pour être considéré, murmura-t-il en rangeant le dossier dans son sac.

— Nous connaissons au moins une personne liée à cette affaire qui fait exactement ma taille, fis-je remarquer.

— Breanne, dit Charles en soupirant. C'est bien ce que je craignais.

Une série de pas lourds montèrent dans l'escalier et nous échangeâmes des regards horrifiés. Nous savions exactement qui venait nous trouver maintenant.

— OK, le temps est écoulé! cria Breanne en faisant irruption dans la chambre et en devenant de plus en plus furieuse lorsqu'elle découvrit Charles et moi assis sur le sol du dressing avec les photos de la scène de crime et le même air coupable sur nos visages.

— Que faites-vous? demanda-t-elle en posant les mains sur ses hanches. Et où sont vos animaux?

Oh-oh. Ça n'annonçait rien de bon. Absolument rien de bon.

13

Je filai si vite hors de la pièce que Breanne n'aurait pas pu m'arrêter même si elle avait essayé. J'agissais peut-être de façon exagérée, mais je n'aimais pas me sentir piégée dans le même petit espace fermé qu'une tueuse potentielle. Son arrivée me rappela également que je n'avais pas entendu les animaux depuis un moment et je ne savais pas du tout s'ils avaient réussi à sortir de la maison.

Heureusement, je trouvai presque immédiatement Octo-Chat. Il était posté en haut du frigo avec les poils ébouriffés et un air furieux. Yo-yo gémissait et se levait sur les pattes arrière en griffant le frigo, cherchant désespérément à atteindre le chat.

— Pourquoi m'as-tu abandonné? s'emporta Octo-Chat.

Je levai les mains en signe de capitulation.

— Hé, c'est toi qui es parti au milieu de notre enquête. Tu aurais pu revenir à n'importe quel moment.

— Pas avec Crétin qui me coinçait ici, grogna-t-il.

Je savais qu'il était irrité, mais moi aussi. Il était censé trouver un moyen de communiquer avec notre témoin et ce n'était clairement pas arrivé.

— Je suppose donc que tu n'as rien fait d'utile pendant tout ce temps? demandai-je avec un soupir de frustration.

Ses yeux colériques se fixèrent sur moi sans cligner des paupières.

— J'ai défendu ma vie et ma dignité, et c'est ce qu'il y a de plus important.

Je secouai la tête et je me penchai pour ramasser Yo-yo.

— Nous devons partir, chuchotai-je à Octo-Chat. Et quand les autres humains descendront, il faudra que j'arrête de te parler.

— Pardon? demanda Breanne en apparaissant soudain au pied des escaliers.

Sérieusement, qu'est-ce qu'ils avaient tous à me

surprendre dans cette maison ? Ça me filait la frousse chaque fois.

— J'étais juste en train de leur dire qu'ils était temps de partir, répondis-je honnêtement.

Charles nous rejoignit quelques instants plus tard.

— J'ai rassemblé nos affaires, dit-il en me tendant la laisse nouée d'Octo-Chat. Et j'ai expliqué à Breanne que je serais heureux de peindre moi-même une nouvelle couche de peinture.

Mais bien sûr, pour cacher les *énormes* dégâts que j'avais causés avec mes légères traces de crayon.

— Je vous ai engagés pour me faciliter les choses. Pas le contraire, dit Breanne avec un regard noir.

— Pardon, m'excusai-je pour nous tous. C'était à cent pour cent de ma faute.

Breanne me regarda froidement.

— Oh, je sais. C'est pour cela que je ne veux plus de vous pour défendre mon frère.

Un puits de terreur se forma dans mon estomac. Ce n'était pas censé arriver. Charles et moi devions prendre notre nouvelle théorie au sujet de la taille du tueur et l'utiliser pour disculper Brock et le sauver juste à temps. Ça serait beaucoup, beaucoup plus difficile si Breanne se mettait en travers de notre chemin.

Comment pouvais-je expliquer tout ceci sans la

mettre plus en colère? Je ne le savais pas, mais il fallait au moins que j'essaie.

— Mais...

— Mais rien du tout. Tout ce que vous faites, c'est mettre le bazar dans la propriété que je vends et distraire mon avocat du travail qu'il est censé faire.

— L'avocat de Brock, rectifiai-je sans réfléchir.

Breanne fulmina, tapant du pied sur le carrelage de la cuisine pour ajouter un peu d'emphase.

— Oui. Je ne veux absolument plus vous revoir, vous ou vos animaux de thérapie. Et je vais aussi avoir une discussion avec monsieur Thompson pour lui signaler ma grande déception concernant la performance de son cabinet jusque-là.

Je déglutis et je me forçai à ne rien dire alors que mon instinct était soit de me défendre, soit de l'accuser. Yo-yo se raidit dans mes bras et grogna contre Breanne.

— Pourquoi tous ces petits chiens agressifs me détestent-ils? demanda Breanne d'un ton désinvolte en poussant tout notre petit groupe vers la sortie. Les propriétaires en avaient un exactement comme celui-ci. Il était extrêmement irritant. Il me rappelait pourquoi j'aime les chats.

— A-t-elle dit qu'elle aimait les chats? demanda

Octo-Chat en accélérant le pas pour pouvoir se frotter contre les chevilles de l'agente immobilière.

Il flirtait au point d'en être gênant et je ne savais sérieusement pas à quoi s'attendait mon chat en agissant ainsi.

— Je crois qu'elle me plaît, celle-ci, ronronna-t-il.

Breanne se baissa pour caresser sa tête rayée, devenant un peu plus douce en caressant les poils soyeux.

— Oh, oui ! Elle me plaît beaucoup ! dit Octo-Chat en se laissant tomber sur le côté et en lui montrant son ventre.

Quel traître.

Elle soupira.

— Je suppose que je peux attendre un peu avant d'appeler Thompson, ne serait-ce que pour ce petit amour. Mais je ne veux quand même pas vous voir travailler sur mon dossier.

— C'est noté, répondis-je sèchement.

— Qu'est-ce qui t'a pris ? demandai-je une fois que Charles, les animaux et moi étions de retour dans sa voiture.

— Quoi ? dit Octo-Chat en haussant les épaules, toujours calme puisque la voiture n'avait pas encore commencé à bouger. Parfois, un type à simplement besoin d'un peu d'attention de la part d'une belle femme. Et puis, je t'ai vraiment sauvée là-dedans, alors je ne me plaindrais pas, si j'étais toi.

Je gémis en secouant la tête. Si je ne faisais pas attention, j'allais bientôt avoir une migraine carabinée.

— Qu'a-t-il dit? s'enquit Charles en désignant Octo-Chat avec le menton.

— Laisse tomber, murmurai-je.

Charles n'insista pas, mais il demanda :

— Où allons-nous maintenant? Je pense que nous avons besoin de temps pour discuter avec les animaux et je pense qu'ils ne seront pas les bienvenus au bureau.

— Non, acquiesçai-je en réfléchissant. Mais je connais un endroit encore plus pratique. Tourne à gauche en sortant d'ici.

Mamie ouvrit la porte, vêtue d'un kimono représentant des roses si long qu'il tombait à ses pieds. Ses cheveux entièrement blancs étaient coupés court au niveau de sa mâchoire et elle avait une frange épaisse qui tombait juste au-dessus de ses sourcils.

— Tu as l'air en forme, dis-je en entrant directement dans la maison.

Ceci avait été ma maison jusqu'à environ six mois plus tôt, quand Mamie m'avait forcée à trouver mon propre logement parce que cela devait se faire pour grandir. Malgré tout, je lui rendais encore visite au moins deux fois par semaine. Elle n'était pas seulement la femme qui m'avait élevée, mais elle était aussi ma meilleure amie et la personne en laquelle j'avais le plus confiance au monde.

C'était pour cette raison que j'avais ramené tout le monde ici maintenant.

Les deux animaux me suivirent à l'intérieur pendant que je montrais Charles derrière moi avec le pouce.

— Voici Charles. C'est l'avocat en charge du dossier avec lequel tu m'as aidé l'autre jour.

Waouh, notre sortie inutile à l'imprimerie datait-elle vraiment de deux jours seulement ? *Hallucinant.*

— Il est mignon, dit Mamie en clignant des paupières.

Charles se racla la gorge et fixa le sol, ce qui me donna le fou rire. Mamie avait toujours flirté sans honte, mais elle le faisait pour s'amuser, pas pour décrocher un rendez-vous. Papy était décédé depuis plus de dix ans et elle n'avait pas eu de petit ami depuis. Je ne pensais pas qu'elle allait faire une exception pour Charles, même si nous le trouvions très beau. En outre, elle allait sans aucun doute bientôt l'associer au double meurtre des Hayes comme c'était désormais mon cas.

En se retournant vers moi, Mamie demanda :

— Vous êtes là pour travailler sur l'affaire?

— Oui. Es-tu partante pour nous aider?

Je guidai notre groupe jusqu'à la salle à manger car elle possédait la meilleure zone de travail où nous pouvions tous nous asseoir.

— Oh, ma chérie, tu me connais, répondit-elle en faisant de l'œil à Charles. Je suis toujours partante pour tout.

Il rougit, ne sachant pas très bien comment réagir à cette drague gériatrique.

— En réalité, je ne sais pas si...

— Tu peux avoir confiance en Mamie, insistai-je.

— Je peux signer un accord de confidentialité, ajouta-t-elle.

Charles eut l'air piégé, mais il finit par acquiescer en haussant les épaules.

— Très bien, dit-il. Avez-vous une imprimante afin que je vous imprime le contrat?

Mamie le conduisit dans le petit bureau qu'elle

avait à l'étage, puis elle vint me rejoindre dans la salle à manger avec les animaux.

— Est-il au courant pour… ?

Elle écarquilla les yeux en regardant Octo-Chat.

— Enfin, tu sais…

— J'ai bien peur que oui, gémis-je.

C'était probablement une autre raison pour laquelle Charles et moi ne pouvions jamais être en couple.

Mamie inspira de l'air à travers ses dents et secoua la tête de déception.

— Tu ne devrais vraiment pas raconter ton secret à tout le monde, ma chérie. Ce n'est pas du tout une bonne idée.

— Crois-moi, ce n'est pas ce que j'ai fait.

Je pris un instant pour lui relater toute l'histoire du chantage.

Quand Charles revint avec son formulaire imprimé, Mamie le frappa sur le torse.

— Ouille, marmonna-t-il. Pourquoi faites-vous ça ?

— Tu as de la chance que ma petite-fille soit aussi indulgente. Cependant, si tu lui refais du chantage, il te faudra rendre des comptes à quelqu'un de moins clément. Moi.

Elle se hissa sur la pointe des pieds et le fixa d'un air menaçant malgré sa petite taille.

— Oui, m'dame, répondit-il tout de suite en serrant le formulaire contre son torse d'un air défensif.

Il semblait presque craindre de le donner à Mamie maintenant.

Je levai les yeux au ciel.

— Ça suffit, tous les deux. Nous avons beaucoup de travail et peu de temps.

Charles vida son sac en bandoulière et commença à poser les papiers sur la table, pendant que Mamie s'excusa pour préparer du café. Je profitai de l'occasion pour me rendre dans le petit bureau de Mamie afin d'imprimer les photos que j'avais prises à la maison des Hayes.

Quand je revins, Octo-Chat était assis au milieu de la table, perdant ses poils sur toutes nos affaires en agitant la queue.

— Il ne veut pas bouger, me dit Charles en fronçant les sourcils.

— Me mettre au centre de l'action est la meilleure façon de m'assurer que tu me protèges de Crétin, expliqua Octo-Chat. Je ne veux pas que tu sois prise par ton travail au point d'oublier le beau chat qui a rendu tout ça possible.

Grr, quel prétentieux. Et encore plus entêté.

— Que t'ai-je dit au sujet de l'appeler Crétin? demandai-je d'un ton irrité.

Octo-Chat bâilla sans le moindre regret.

— Hé, je dis les choses comme elles sont.

— Eh bien, si tu ne veux pas coopérer avec nous, alors nous ne coopérons pas avec toi. Hé ho, Yo-yo! criai-je en attrapant le chat et en le posant sur le sol afin que le chien puisse le couvrir de baisers baveux.

Octo-Chat siffla, fit gonfler sa queue et s'enfuit en direction de la cuisine en crachant des jurons félins tout le long.

Mamie apparut quelques minutes plus tard avec le chat dans ses bras. Elle le caressait gentiment.

— Qu'avez-vous fait à ce pauvre petit gars? demanda-t-elle.

— Il ne faut pas croire un mot de ce qu'il dit, rétorquai-je. Ce n'est pas la victime pour laquelle il aime se faire passer.

— Oh, chut. C'est juste un petit chat innocent, me contredit Mamie en couvrant de baisers le félin très content de lui.

Même si elle ne savait pas parler aux animaux comme moi, j'avais parfois l'impression du contraire. Ceci était une de ces fois.

Charles ne put s'empêcher de glousser.

— Qu'est-ce que ça fait quand la situation est inversée, *hein* ?

Octo-Chat rit également, mais pas aimablement.

— Ta grand-mère m'aime plus que toi, me nargua-t-il, en allant jusqu'à avoir l'audace de me tirer la langue.

Mamie le posa sur la table, puis elle retourna à la cuisine pour aller chercher le café.

— Tu vois ? dit Octo-Chat. Si tu ne veux pas m'apprécier, je peux toujours trouver quelqu'un qui en est capable.

Je le soulevai encore et j'étais prête à le rendre à Yo-yo quand Mamie revint et me gronda.

— Laisse ce beau chat tranquille. Il est tellement mignon. N'est-ce pas ?

Octo-Chat rit encore et il s'avança immédiatement vers le côté de la table où se trouvait Mamie. Il se colla contre elle et ronronna avec un volume sonore ridicule.

— Au fait, voici ton formulaire, dit-elle en poussant l'accord de confidentialité vers Charles. Maintenant, mettez-moi au courant de l'affaire.

J'inspirai profondément, puis je lui expliquai tout.

— *Ha*, dit Mamie en s'appuyant contre le dossier de sa chaise d'un air pensif. Vous avez une affaire compliquée sur les bras, mais je pense avoir une idée.

Il me tardait d'entendre ce qu'elle avait à dire.

14

Tous les regards se focalisèrent sur Mamie, même celui de Yo-yo qui ne savait toujours pas sur quoi nous enquêtions. D'ailleurs, j'étais à peu près certaine qu'il ne comprenait pas non plus les humains.

— Eh bien, voilà ce que je pense... dit ma grand-mère excentrique en posant le yorkshire sur ses genoux, ce qui ennuya Octo-Chat.

Il glissa jusqu'à moi sur la table.

— Berk. Les microbes des chiens, dit-il en frissonnant de façon exagérée.

— Je pense, continua Mamie avec une voix de bébé adressée à Yo-yo, que personne n'a essayé de caresser ce petit gars dans le sens du poil. Vous n'arrêtez pas de le mettre dans toutes ces situations angoissantes et vous vous attendez à ce qu'il s'adapte. Pourquoi ne pas passer un peu de temps pour apprendre à le connaître, le mettre à l'aise, avant d'aborder le... ?

Elle hésita avant de décider de quel mot elle avait besoin pour finir sa phrase :

— Euh, la conversation, conclut Mamie avec un sourire gêné.

Charles et moi nous regardâmes en haussant les épaules.

— Je suppose que ça vaut le coup d'essayer, dis-je en hochant la tête.

J'avais espéré qu'elle reste avec Charles et moi pour étudier un peu plus les photos et les dossiers, mais une fois que Mamie avait une idée en tête, il était difficile de la pousser à se concentrer sur autre chose. À vrai dire, elle était un peu comme Yo-yo à cet égard.

— Parfait.

Mamie se leva, serrant toujours délicatement le terrier contre sa poitrine.

— Vous deux, remettez-vous au travail avec vos photos horribles pendant que je cherche à faire parler le témoin principal.

— Nous ne savons pas vraiment s'il a vu quelque chose. Il est possible que... rectifia Charles, mais il s'arrêta net quand je posai une main sur son poignet en secouant la tête.

— Laisse-la faire son truc, nous ferons le nôtre. Maintenant, aide-moi à sortir tous les témoignages de toutes les femmes impliquées dans l'affaire : les policières, les témoins, les amies, les voisines, les collègues, tout ce que nous avons.

Nous fouillâmes tous les papiers, ayant plus ou moins mémorisé l'ordre des déclarations et des preuves. Il ne fallut pas même cinq minutes pour sortir tous les documents dont nous avions besoin.

— Voyons, dis-je en analysant notre travail. Y a-t-il des hommes faisant ma taille ou moins ?

Charles réfléchit quelques instants avant de me tendre deux autres dossiers.

— Celui-ci est un collègue de Bill à l'Imprimerie Bayside, et celui-là est un des potentiels acheteurs de la journée porte ouverte.

J'étalai tout devant nous en essayant de regrouper les personnes similaires. Nous avions un groupe de collègues, un autre avec les gens de la journée porte ouverte, un avec les amis et la famille, et un dernier de diverses personnes ayant été impliquées dans l'affaire, telles que les policiers et les gens qui avaient nettoyé la scène de crime. La plupart des documents n'étaient pas des témoignages officiels du tout, mais plutôt des biographies que Charles avait lui-même préparées avant que je le rejoigne sur ce dossier.

— Parcourons-les un par un, suggéra Charles en tendant la main vers la pile des collègues.

Nous passâmes l'heure suivante à parler de chaque personne et à prendre des notes sur celles qui avaient les moyens, le mobile ou l'occasion. Pour ceux qui avaient plus d'un des trois éléments, nous ajoutions une étoile à leur fiche et la placions dans une nouvelle pile.

Après tout ce travail, nous fixâmes les fiches de nos deux suspects les plus probables : la fille et l'agente immobilière, Michelle Hayes et Breanne Calhoun.

Je soupirai en m'affalant sur ma chaise.

— Je continue à espérer que les faits s'alignent différemment, mais on dirait vraiment que la coupable est une de ces deux femmes.

Charles croisa les bras et secoua la tête en me regardant directement dans les yeux pour défendre notre – ou du moins, ma – suspecte principale.

— Impossible. Je sais que Breanne peut être un peu brusque, mais elle ne l'a pas fait.

— Peut-être, dis-je alors que j'étais très loin de vouloir disculper l'agente immobilière impolie.

J'aime penser avoir appris ma leçon après mon enquête sur la mort d'Ethel Fulton. J'avais été si convaincue par l'identité du tueur que je ne voulais pas considérer quelqu'un d'autre... et que j'ai fini par me placer dans une situation très dangereuse.

Malgré tout, d'après ce que j'avais vu et entendu jusque-là, Breanne paraissait logique. Peut-être qu'en le faisant comprendre plus progressivement à Charles, il allait mettre de côté son hésitation et enfin voir les choses à ma façon.

— D'accord, alors discutons de la fille. Comment expliques-tu le fait que Michelle a plus ou moins disparu?

— Elle n'a pas disparu, me contredit encore Charles.

Continuer à ne jamais être d'accord revenait à donner tout de suite sa sentence à Brock.

— C'est juste qu'elle ne répond pas à nos appels, dit-il en tapotant la table avec le stylo, ce qui m'énerva.

— D'accord, où est-elle? demandai-je un saisissant le stylo et en le mettant hors de sa portée.

Charles soupira et croisa les mains devant lui.

— À son université, dans le nord de l'État.

— Eh bien, puisque nous n'avons pas d'autre piste à suivre, je pense savoir où nous devons nous rendre.

— Ce sera une perte de temps, insista-t-il en soupirant encore fortement.

— Charles, dis-je doucement. S'il te plaît. Nous n'avons rien d'autre pour le moment. Nous devons au moins essayer. Pour Brock.

— Très bien. Pour Brock, répondit-il, accablé.

— Bien, dis-je même si son manque d'enthousiasme retirait le sel de ma victoire. Je vais aller voir Mamie et Yo-yo. Allez viens, Octo-Chat.

Je réveillai mon chat de sa sieste et je lui fis signe de me suivre.

— Avons-nous enfin avancé dans cette affaire ? demanda mon chat après avoir fait un énorme baillement.

— Bientôt, j'espère, dis-je avec diplomatie.

Charles grogna et posa le front sur la table pendant que nous nous éloignions.

— Oh, salut mes chéris ! cria Mamie quand Octo-Chat et moi arrivâmes dans le salon.

— Yo-yo et moi, nous passons un très bon moment en faisant connaissance. N'est-ce pas, mon garçon ?

Le terrier aboya et Mamie le couvrit de compliments.

— Eh bien, elle a perdu au moins dix points de popularité chez moi, dit Octo-Chat de façon comique. C'est toujours dommage quand un bon humain tombe du côté des chiens. Je dois dire que je ne m'attendais pas à ce type de trahison de la part de Mamie. Toi, peut-être, mais certainement pas elle.

— Elle n'est pas en train de changer d'allégeance, dis-je alors qu'il sautait au fond du canapé et s'y installait. Elle fait seulement ce qu'elle peut pour nous aider.

— C'est ce que tu dis, se plaignit-il en secouant la tête, écœuré.

— Est-ce que tout va bien ? demanda Mamie avec un rapide coup d'œil vers le chat perturbé.

— Ça va. Enfin, ça ira. Hé, Octo-Chat, dis-je pour récupérer son attention.

— Quoi ? gémit-il en se léchant la patte.

— Tu peux prendre un bain plus tard, le grondai-je. L'intérêt de venir ici était de voir si Yo-yo avait quelque chose de nouveau à dire. Peux-tu s'il te plaît lui demander s'il se souvient d'un nouvel élément ?

— Non, pas comme ça, intervint Mamie en continuant à caresser le yorkshire avec enthousiasme. Dis-lui que sa nouvelle amie Mamie aimerait savoir s'il se souvient de quelqu'un ayant fait du mal à sa famille et s'il peut nous en parler.

— Berk, répondit Octo-Chat avant de crier : « Hé, Crétin ! »

La tête du terrier se tourna brusquement vers lui. Le pire était que Yo-yo avait commencé à réagir au surnom cruel que lui avait donné le chat.

Octo-Chat posa sa question exactement comme Mamie l'avait formulée, ce qui poussa le chien à gémir et à enfouir la tête entre les genoux de ma grand-mère. Le fait qu'il n'aboyait pas de terreur était un vrai progrès.

Mon chat – qui semblait s'ennuyer – hocha la tête en écoutant le petit chien, qui avait maintenant relevé la truffe pour regarder Octo-Chat dans les yeux en faisant de petits bruits de chiot triste.

Quand Yo-yo se tut à nouveau, Octo-Chat prit la parole :

— Waouh. À vrai dire, je suis vraiment surpris que ça ait fonctionné.

Je me redressai, très excitée.

— Qu'a-t-il dit ?

— Il a dit qu'il faisait vraiment sombre cette nuit-là et qu'il n'y voyait pas très bien, mais la personne qui a fait du mal à son père et sa mère avait les cheveux roux. Il veut aussi savoir quand il pourra retourner auprès de sa famille.

Le pauvre chien ne savait toujours pas qu'il ne

reverrait pas ses parents, mais il nous avait enfin donné assez d'éléments pour finir de rassembler toutes les pièces. Les cheveux roux ne signifiaient qu'une seule chose…

— C'était donc Breanne! criai-je d'un ton triomphal. Je le savais! Gentil minou, ajoutai-je pour Octo-Chat en allant rejoindre Charles à la salle à manger.

— Ne m'appelle pas minou, grogna Octo-Chat, mais le ton joyeux de sa voix indiquait que c'était seulement pour rester cohérent.

Il essayait simplement de m'éduquer à ne plus adopter certains comportements qu'il n'appréciait pas.

— Tu as entendu ça? dis-je en posant une paume de main de chaque côté de la table et en me penchant vers Charles qui semblait toujours complètement abattu.

— Tu penses que c'était Breanne, répondit-il.

Quand il leva la tête, un de nos documents resta collé à sa joue.

— Pourquoi?

— Yo-yo ne sait pas qu'ils sont morts, mais il se souvient qu'on leur a fait du mal. Il a dit que c'était tard le soir, ce qui correspond à ce que nous savons du crime.

Charles sembla enfin aussi enthousiaste que moi.

— Et ?

— Il a dit qu'il faisait sombre et qu'il n'y voyait pas bien, mais que la personne qui leur a fait du mal avait les cheveux roux. Ça ne peut être que Breanne.

— Détrompe-toi, dit Charles en sortant son téléphone et en parcourant ses mails.

Quand il me le tendit, l'écran affichait une jeune femme avec des mèches très rousses. Elle me semblait vaguement familière, même si je n'étais pas sûre de l'avoir déjà vue auparavant.

— Qui est-ce ?

— C'est Michelle Hayes.

Oh oh.

Nous nous fixâmes un instant avant que je finisse par trouver un argument.

— Mais Yo-yo ne reconnaîtrait-il pas sa propre sœur ? bafouillai-je.

Charles fronça les sourcils.

— Pas nécessairement. Surtout s'il faisait trop sombre pour distinguer les choses clairement.

— Alors quoi, maintenant ? demandai-je en rongeant un de mes rares ongles intacts, soudain submergée par ma nervosité.

— Il faut faire une virée ! cria Mamie depuis l'autre pièce.

Charles hocha la tête.

— C'est notre dernière chance pour résoudre l'affaire à temps et empêcher le reportage de ta mère.

Mince, il avait raison. Même si quelques minutes auparavant, j'avais insisté pour que nous rendions visite à Michelle, je me sentais bien plus angoissée en sachant qu'elle était potentiellement la tueuse.

15

e lendemain matin, je me réveillai avant Octo-Chat ce qui était sans doute une des premières fois depuis le début de notre étrange relation. Le réveil sur mon téléphone sonna à cinq heures trente et je dus le secouer pour le réveiller afin que nous puissions tous les deux nous préparer à la longue journée qui nous attendait.

A posteriori, je regrettais vraiment de ne pas m'être couchée plus tôt la veille au soir, mais quand ma mère nous avait rejoints chez Mamie, nous avions tous voulu connaître son opinion sur les progrès que nous avions faits jusqu'ici.

— Je dois admettre, nous avait-elle dit en secouant la tête, que Brock semble bien être innocent.

Maman proposa de retarder un peu plus le reportage, mais j'avais insisté en disant que ce n'était pas nécessaire. Nous allions résoudre ce mystère avant le journal de dix-huit heures, et nous allions également lui donner l'exclusivité.

Charles ne partageait pas mon optimisme, mais il était d'accord pour se réveiller avant l'aube. Nous allions faire ensemble le long trajet jusqu'à l'université de Michelle où nous allions l'interroger en direct et en personne pour enfin découvrir les réponses importantes qui nous manquaient depuis le début.

Comme l'on pouvait s'y attendre, Yo-yo était très excité par notre virée en voiture, même si nous ne lui avions pas dit que nous allions voir sa sœur humaine.

J'avais proposé à Octo-Chat de rester à la maison, mais il refusa de rater toute l'action. Ceci m'inquiéta, car il n'avait fait aucun progrès pour gérer sa phobie de la voiture et nous avions un très long trajet à faire ce jour-là. Comme je savais qu'il était impossible de le faire changer d'avis, je décidai de l'aider. Avec sa permission, je glissai un peu de médicaments écrasés dans son repas du matin. C'était juste l'antihistaminique pour chats que le vétérinaire avait prescrit en cas d'urgence, mais cela le fit somnoler pendant une grande partie de notre voyage... et tout le monde était très reconnaissant pour cela.

On aurait vraiment dit un ange quand il n'était pas en train de m'insulter, ou de me griffer, ou de remettre en question mes choix de vie en général. Et je le soupçonnais de commencer à apprécier nos enquêtes criminelles, même si pour l'instant, cela impliquait la présence d'un chien.

Mamie nous rejoignit également pour le voyage. Oui, maintenant qu'elle avait été mise au courant, elle avait insisté pour nous accompagner.

— Au cas où Yo-yo aurait besoin d'un ami, dit-elle.

Je me demandais pourquoi j'avais obtenu la capacité de parler aux animaux alors qu'elle semblait bien mieux les comprendre.

Je fis des efforts pour m'en empêcher, mais je somnolai pendant la plus grande partie du trajet, exactement comme Octo-Chat. Après tout, je n'avais pas Bethany pour me préparer du café. J'avais déjà jeté ma cafetière de peur de subir une autre expérience de mort imminente ou pire : d'obtenir de nouveaux super pouvoirs étranges. Heureusement, Mamie était très heureuse de tenir compagnie à Charles pendant qu'Octo-Chat et moi faisions un petit somme réparateur.

— Debout tout le monde ! cria Mamie derrière moi, me forçant à me réveiller encore une fois.

Effectivement, le soleil qui avait été absent la première fois brillait maintenant très haut dans le ciel.

— Nous sommes arrivés, annonça Charles en manœuvrant sa voiture dans le parking des invités de la petite université de sciences sociales de notre suspecte.

— Alors, quel est le plan? demanda Mamie impatiemment en se penchant en avant, les mains posées sur le bord de nos sièges.

— N'avez-vous pas prévu le plan pendant le trajet? demandai-je, irritée.

Si j'avais su qu'ils allaient simplement bavarder, je ne me serais jamais permis de dormir alors qu'il restait encore du travail.

— La Route Une est magnifique à cette époque de l'année, répondit Mamie d'un ton joyeux. Nous étions trop occupés à admirer le paysage pour nous inquiéter de ce qu'il fallait faire en arrivant ici. De plus, tu sembles être la plus inquiète de notre groupe. Alors, pourquoi ne te charges-tu pas du plan?

Je me frappai le front avec la paume de la main.

— Je suppose que c'est ma punition pour avoir dormi au lieu de travailler.

Octo-Chat se réveilla et bâilla devant ma figure,

envoyant une grosse bouffée d'haleine au thon dans mes narines. Eh bien, je peux vous dire que c'était plus efficace qu'un double expresso pour me réveiller d'un seul coup.

— C'est une petite fac, alors j'imagine qu'il suffit de demander à des passants, dis-je avec un soupir, détestant que ce soit maintenant notre plan.

Je compris soudain que nous avions un avantage auquel nous n'avions pas encore pensé.

— Il est peut-être temps de faire savoir à Yo-yo qui nous venons voir ici. Il pourrait la trouver grâce à son odorat.

Avant que Charles ait le temps d'acquiescer ou de me contredire, Octo-Chat transmit le message au terrier qui réagit immédiatement avec beaucoup d'enthousiasme.

— Il est prêt, dit Octo-Chat en étirant les pattes et la colonne pour finir de se réveiller.

Miraculeusement, il ne siffla qu'une seule fois quand je lui mis le harnais.

Mamie eut plus de difficultés à préparer Yo-yo, qui se jetait continuellement contre la portière de la voiture tant il était pressé de revoir Michelle.

Une fois que les deux animaux furent attachés avec soin, nous commençâmes notre balade. En parcourant le campus du bord de mer, je me dis que nous étions sans doute un des plus étranges groupes de cinq personnes à fouler ses sentiers. Il n'était encore que neuf heures du matin, ce qui signifiait que le campus était plutôt vide, mais ça n'empêchait pas les rares personnes que nous croisions de nous jeter des regards appuyés.

Je souris à tous les passants, mais lorsque la troisième ou quatrième personne grimaça dans notre direction sans même dire bonjour correctement, j'en eus assez.

— Et alors, qu'est-ce que ça vous fait que je promène mon chat en laisse ? criai-je en levant le menton.

Ils ne pouvaient certainement pas me juger plus durement que moi-même.

— Lui aussi, il aime prendre l'air. Et pourquoi les chiens se réserveraient-ils tout ce qui est agréable ?

— Oui ! m'encouragea Octo-Chat en sautillant à côté de moi. Maintenant, tu comprends. Tu comprends enfin !

Yo-yo s'arrêta brutalement et devint tout raide, prenant la même pose que lorsqu'il avait vu le panneau de l'agence immobilière Calhoun. Cette fois, son regard était fixé sur un bâtiment de trois étages situé au bout d'une pelouse très bien entretenue.

Il aboya une fois, deux fois, puis s'arrêta.

— Il dit que sa sœur se trouve dans ce bâtiment, traduisit Octo-Chat.

— Est-ce une résidence universitaire ? demandai-je à mes compagnons humains.

Charles trottina jusqu'à l'avant du bâtiment et il lut le panneau.

— Oui, c'est ça, dit-il en revenant, même pas légèrement essoufflé après ce petit exercice physique.

— Il veut voir sa sœur, dit Octo-Chat lorsque le yorkshire se mit à gémir et à gratter le sol avec impatience.

— J'y vais, dit Mamie en avançant d'un air confiant.

— Attendez. Pourquoi vous ? demanda Charles.

— Nous ne sommes pas les membres de sa famille, mais je parie que les agents de sécurité de cet endroit risquent moins de mettre en doute la parole d'une gentille vieille dame.

Mamie marqua une pause. Quand personne ne la contredit, elle se redressa et demanda :

— Le nom de notre pigeon est Michelle Hayes, n'est-ce pas ?

Le pigeon ? Quoi ? Mamie avait-elle encore regardé ces films d'aventure sur les escrocs ? Elle se prenait vraiment trop au jeu.

Maintenant que j'étais assez réveillée pour remarquer les détails, je constatai qu'elle avait soigneusement assemblé un costume de vieille grand-mère, avec un châle en tricot et une jupe à taille haute. L'ensemble lui ressemblait tellement peu qu'il était forcément volontaire. Elle avait eu ce plan depuis le début, mais elle ne me l'avait pas dit parce qu'elle savait que j'allais l'empêcher de prendre des risques.

Eh bien, elle avait raison.

— Je t'accompagne, dis-je en tendant la laisse d'Octo-Chat à Charles avant de la suivre.

Charles m'attrapa par l'épaule en me forçant à m'arrêter.

— Elle a raison. Nous allons attendre ici jusqu'à ce que vous reveniez ou que vous nous envoyiez un message.

Mamie hocha la tête.

Charles hocha la tête.

Je poussai un grognement et je fis signe à Mamie de continuer son chemin.

— Vont-ils accepter que Yo-yo entre dans la résidence ? lui criai-je.

— Il n'y a qu'un moyen de le découvrir, répondit Charles pendant que nous regardions Mamie passer le coin du bâtiment.

— Je n'aime pas ça, dis-je en boudant. Et je ne pense pas que Michelle est coupable.

— Oui, nous avons bien compris ce que tu penses, geignit mon compagnon.

— Ce n'est pas seulement que je pense que Breanne cache quelque chose, expliquai-je. Mais je veux dire, pourquoi Michelle aurait-elle tué ses propres parents? Et Yo-yo ne l'aurait-il pas reconnue comme sa propre sœur?

— Je ne sais pas, répondit Charles froidement. Mais c'est toi qui as insisté pour que nous venions ici. Tu t'en souviens?

— Seulement pour pouvoir éliminer Michelle en tant que suspecte et voir si elle a des preuves indiquant directement Breanne, lui rappelai-je.

Oui, je m'étais promis de ne pas tirer de conclusions hâtives après mes fausses suppositions qui avaient failli me faire tuer dans ma dernière affaire, mais celle-ci était différente. Yo-yo avait déjà plus ou moins identifié Breanne, et elle était toujours la seule personne au monde qu'il semblait ne pas aimer. Ce devait être plus qu'une simple coïncidence.

Charles semblait bien moins convaincu que moi.

— Eh bien, je suppose que nous verrons, dit-il en haussant les épaules.

— Oui, je suppose.

On ne dit plus rien en attendant le retour de Mamie, mais je fis une petite prière silencieuse pour qu'elle nous trouve une alliée qui accepte de nous aider à terminer notre enquête une bonne fois pour toutes.

Le temps passait très vite.

16

Mamie réapparut environ quinze minutes plus tard. À côté d'elle se tenait une jeune femme aux cheveux roux et au visage couvert de taches de rousseur. Elle portait un pantalon de pyjama couvert de dessins de tacos souriants.

— Bonjour, mes chéris, chantonna fièrement Mamie. Voici Mitch Hayes.

— Oui. Personne ne m'appelle Michelle depuis l'école primaire, expliqua l'étudiante avant de déposer un baiser sur la tête poilue de Yo-yo.

Le petit chien avait l'air de flotter sur un nuage pendant que Mitch lui faisait des câlins et le dorlotait.

— Merci d'être venue nous parler, dit Charles.

Il se leva et tendit la main vers Mitch qui eut du

mal à ajuster la position du chien dans ses bras pour accepter la poignée de main. Leur présentation fut un peu maladroite.

— Pourquoi n'as-tu pas répondu à mes appels? demandai-je.

J'étais peut-être légèrement impolie, mais nous n'avions pas de temps à perdre si nous voulions innocenter Brock avant la date limite fixée par ma mère.

Elle haussa les épaules.

— J'ai laissé tomber mon téléphone dans les toilettes il y a quelques semaines et je n'ai pas ressenti le besoin de le remplacer. Je suis plus ou moins tout le temps sur mon ordinateur ou ma tablette, de toute façon.

— Mais pourquoi ne pas avoir répondu aux nombreux, très nombreux appels de gens qui essayaient de vous contacter? demanda Charles en levant les sourcils.

— J'en avais assez des gens qui appelaient pour se sentir mieux en m'offrant leurs condoléances, pendant que moi je me sentais plus mal à cause de ces rappels constants de la mort de mes parents.

Elle enfouit le visage dans la fourrure du yorkshire et marmonna :

— Je n'ai pas envie de parler du fait que mes parents ont été tués de sang-froid.

Mamie posa un bras autour de Mitch et la serra contre elle.

— Vous deux, vous pouvez arrêter l'interrogatoire, maintenant. Mitch n'est pas obligée de nous aider, mais elle a gentiment accepté de le faire quand même.

— Merci, Mitch, dis-je en lui souriant plus gentiment. Nous apprécions vraiment.

Elle donna un coup de pied dans l'herbe et garda les yeux rivés sur le sol.

— Vous pensez vraiment que ce type, Brock, est innocent?

Je posai doucement une main sur son épaule et j'attendis qu'elle me regarde.

— Nous le savons.

Je la sentis frissonner sous ma main et son visage devint encore plus pâle.

— Cela signifie que la personne qui a tué mes parents court toujours.

Je lâchai son épaule et je serrai la mienne à la place.

— Oui.

— Dites-moi ce que je dois faire pour vous aider.

La bouche de Mitch prit un air déterminé, les sourcils froncés de colère.

Charles s'éclaircit la gorge et fit signe à tout le monde de s'asseoir sur un mur de soutènement.

— Par ici. Nous avons besoin que tu nous dises tout ce qui pourrait nous aider à identifier le véritable tueur.

La pauvre Mitch semblait un peu perdue.

— Mais vous avez ma déclaration, n'est-ce pas? J'ai déjà raconté tout ce dont je me souviens aux policiers.

— Nous l'avons, mais puis-je poser quelques questions supplémentaires à la lumière de choses que nous avons apprises récemment? demanda Charles en plongeant dans son sac.

J'espérais sérieusement qu'il n'avait pas l'intention de sortir les photos de la scène de crime. Mitch ne devait pas avoir à les regarder.

Avant même que Charles trouve ce qu'il cherchait, des larmes tombèrent soudain des yeux bleu vif de la jeune femme.

— Oh, vous deux alors, vraiment. Ralentissez un peu. Vous ne voyez pas que c'est dur pour elle? grommela Mamie en appuyant la tête de la jeune femme contre son épaule. Tu peux pleurer toutes les larmes que tu veux. C'est ça. Mamie est là pour toi maintenant.

Yo-yo gémit et lécha le visage de sa sœur, agitant la queue d'un air hésitant.

Pendant que je les observais en essayant de trouver une nouvelle façon d'aborder l'interrogatoire de Mitch, Octo-Chat posa la patte sur mon épaule.

— Pardon, dit-il en me surprenant avec cette politesse soudaine. Crét... je veux dire, *le chien*, dit qu'il se souvient maintenant de la personne qui a fait du mal à ses propriétaires. De plus, il pense que ses humains pourraient même être morts.

— Il s'en souvient? demandai-je sans me soucier du fait que Mitch lève la tête pour nous étudier avec curiosité. Je pensais qu'il faisait trop sombre.

— Oui, mais son odorat fonctionnait très bien et apparemment il se rappelle qui c'était maintenant, expliqua lentement Octo-Chat.

Yo-yo me regarda dans les yeux et aboya d'un air empressé.

— Alors, bon, dit Octo-Chat en baissant la voix et en se penchant vers moi. Puis-je enfin lui dire?

— Lui dire quoi? Oh...

Que ses propriétaires sont morts. Yo-yo n'en était toujours pas certain. Je hochai la tête.

— Oui, je pense qu'il est temps.

Octo-Chat s'adressa calmement à Yo-yo et avec beaucoup plus de gentillesse qu'auparavant. Quand il eut fini de parler, j'attendis les hurlements aigus inévitables et les tentatives de fuite insensées de la part de Yo-yo, mais il se contenta de laisser échapper un petit gémissement et il se colla plus près de Mitch.

— Pourquoi n'est-il pas en train de paniquer? demandai-je à mon chat.

Octo-Chat avait le visage empreint de quelque chose qui ressemblait à du respect. Je ne pouvais pas en être certaine, car je ne l'avais encore jamais vu avec cette expression-là. Il était d'ailleurs improbable que je la revoie un jour.

— Il veut être fort pour son humaine, me dit-il.

Je posai la main sur ma poitrine en disant :

— Oooh, c'est trop mignon.

Octo-Chat haussa ses petites épaules de félin.

— Oui, les chiens ne sont peut-être pas les plus malins, mais ils sont loyaux. Je suppose que c'est la qualité qui les rattrape.

Yo-yo lécha Mitch quelques fois de plus, puis il s'extirpa de ses bras et vint s'asseoir juste à côté de moi. Il aboya alors quatre ou cinq fois, en gardant les yeux rivés sur moi.

— Il n'a pas vu grand-chose, mais il se souvient de l'odeur qu'elle avait, maintenant, dit Octo-Chat.

Il leva une patte vers sa bouche, mais il se ravisa en se disant sans doute qu'une nouvelle séance de nettoyage n'était pas requise à ce moment clé de l'enquête et il reposa sa patte sur le sol.

— « Elle », d'accord.

Jusqu'ici, tout s'accordait avec ce que Charles et moi savions déjà – ou en tout cas avec ce que nous avions supposé – et les choses ne s'annonçaient pas bien pour notre amie agente immobilière.

— Qui était-ce ?

Effectivement, Octo-Chat confirma alors mes soupçons :

— Il dit que c'était la femme qui vendait la maison.

— Breanne, je le savais ! criai-je avant de me tourner vers Charles. Donne-moi la photo de Breanne sur son flyer, s'il te plaît.

Il me fixa en silence pendant un moment avant de finir par sortir la photo demandée de son sac.

— Est-ce elle ? demandai-je en montrant l'image à Yo-yo.

Il lâcha un aboiement qui se transforma rapidement en grognement.

— Tu vois ! dis-je en rendant le papier à Charles. Tu as laissé ton béguin pour Breanne t'aveugler. C'était elle depuis le début.

Octo-Chat tapota encore mon épaule. Cette fois avec un peu plus de griffes.

— Aïe! criai-je. Qu'est-ce qu'il y a, maintenant?

— Ce n'est pas ce qu'il a déclaré, me dit-il avec un sourire satisfait.

Ce n'était pas Breanne? Comment était-ce possible? Nous savions déjà que ce n'était pas Mitch. Glendale n'était pas une très grande ville. Combien de tueuses rousses d'un mètre soixante-dix pouvait-il y avoir chez nous?

J'écarquillai les yeux en attendant sa réponse.

— Il dit que ce n'était pas la femme sur le papier, expliqua Octo-Chat perdant clairement patience à chaque mot. C'était l'autre.

— Quoi? m'exclamai-je, l'estomac dans les talons. On a fait tout ça pour découvrir que c'était Brock depuis le début?

Octo-Chat se tourna vers le chien et ils échangèrent pendant quelques minutes, puis il se retourna vers moi.

— Pas l'homme, dit-il. L'autre femme.

— Charles, dis-je en tendant la main. Donne-moi une photo de Brock pour que je la montre à Yo-yo.

Mitch, qui était restée silencieuse pendant tout l'échange jusqu'à maintenant, intervint.

— Êtes-vous vraiment en train de parler avec ce chat?

— Ça devient moins bizarre quand on s'y habitue, expliqua Mamie avec un petit rire aimable.

— On dirait qu'elle appelle un chat un chat, ajouta Charles avec un rire bien trop généreux pour sa blague pourrie.

Je n'avais pas le temps de m'inquiéter du fait qu'une étudiante apprenne mon secret. J'étais si près de découvrir la vérité, et juste à temps, en plus. Nous n'avions plus que dix heures avant la diffusion de l'histoire de ma mère. Peut-être – vraiment peut-être – était-ce suffisant.

Charles montra une photo de Brock et Yo-yo émit un petit aboiement aigu.

— Pas lui, traduisit Octo-Chat.

— Alors de qui parle-t-il en disant l'autre? me plaignis-je.

Quelque chose ne collait pas. Yo-yo n'était peut-être pas la clé de cette affaire, finalement.

— Brock *est* l'autre, insistai-je en parlant à Octo-Chat tout en gardant le regard sur Yo-yo. Qui d'autre y aurait-il?

— J'appelle Breanne, annonça Charles qui avait déjà commencé à composer le numéro.

— Donne-moi ça, dis-je en lui arrachant le téléphone des mains.

— Allô? répondit Breanne avec une énergie et

une amabilité que je n'avais encore jamais entendues de sa part.

Je regardai tous mes compagnons dans les yeux et je posai un doigt sur mes lèvres.

— Bonjour, Breanne. C'est moi, Angie Russo, l'assistante juridique qui travaille sur le dossier de votre frère.

— Je pense vous avoir dit que je ne voulais plus de vous dans ce dossier, grogna-t-elle, toute son amabilité s'étant évaporée en une fraction de seconde.

— Je quitte le dossier après aujourd'hui, expliquai-je vite. Mais Charles m'a demandé de me rendre à l'université de Michelle Hayes et de voir si je pouvais la trouver. Elle n'avait que quelques minutes avant le début de ses cours, mais elle m'a dit que l'agente immobilière était coupable.

Oui, je n'avais pas l'intention d'avouer mes capacités étranges à quelqu'un qui me détestait déjà.

— Impossible, cracha Breanne. Je ne l'ai pas fait et mon frère non plus. C'est très drôle qu'elle me fasse porter le chapeau maintenant, alors qu'elle a juré ne pas avoir la moindre piste dans sa déclaration à la police.

Je serrai le poing avant de détendre mes doigts, me préparant à ce qui allait suivre.

— Si ce n'est pas vous, alors qui? Qui d'autre aurait-elle pu désigner?

Breanne fit une série de petits bruits indignés qui commencèrent par un soupir et se terminèrent par un cri.

— Cette fois, ça y est! Je vais appeler monsieur Thompson pour déposer une plainte officielle.

— S'il vous plaît, répondez simplement à la question, insistai-je en priant pour qu'elle ne raccroche pas avant de me donner quelque chose d'intéressant.

— L'agente immobilière, cria Breanne. Ça peut être absolument n'importe qui. Savez-vous qu'il y a plus de trois mille agents immobiliers rien que dans l'État du Maine? Cela aurait pu être n'importe lequel de ceux qui sont venus à la journée porte ouverte ou qui ont fait une visite auparavant, ou même la personne qui les aidait à acheter leur nouvelle maison. N'importe qui peut avoir eu accès au boîtier à clés. N'importe qui peut les avoir tués.

— Une seconde, dis-je.

J'eus le souffle coupé et je tremblais à cause de ce que je venais de comprendre.

— Revenez un peu en arrière.

— N'importe qui pouvait avoir accès à la maison. Le fait que vous insistiez pour me faire porter le chapeau alors que c'est moi qui paie...

Même si je savais qu'elle aimait crier contre moi, il fallait que j'interrompe Breanne pour qu'elle reste concentrée.

— Pas ça. Avant, suppliai-je.

— Même si vous aimez me faire porter le chapeau, Michelle aurait pu parler de n'importe quel autre agent immobilier. Si elle avait des informations, pourquoi ne les a-t-elle pas partagées plus tôt?

— Oubliez ça maintenant, dis-je. Vous avez mentionné un autre agent immobilier. Ce n'est pas vous qui les aidiez à acheter leur nouvelle maison?

Breanne inspira brusquement. Elle commençait peut-être enfin à comprendre, maintenant.

— Non. Je veux dire, je le voulais, mais ils avaient déjà choisi quelqu'un avant de venir mettre leur maison en vente chez moi.

— Savez-vous qui était cet autre agent immobilier? demandai-je avant de retenir ma respiration.

Sa réponse allait déterminer toute la suite.

17

Tous les regards étaient braqués sur moi pendant que j'attendais la réponse de Breanne à l'autre bout de la ligne. Même mon cœur semblait battre plus doucement de peur de rater un seul mot.

— Je ne comprends pas pourquoi c'est important, grommela l'agente immobilière, nous décevant tous.

Charles me prit le téléphone de mes mains et cria presque dans le haut-parleur.

— Breanne, c'est Charles. Nous pensons que l'autre agent immobilier est crucial pour disculper ton frère. Peux-tu nous dire de qui il s'agit?

En prenant soin d'être assez proche pour entendre les deux côtés de la conversation, je suivis Charles qui faisait les cent pas sur un petit sentier.

Étonnamment, Breanne semblait tout aussi irritée par Charles qu'elle l'avait été par moi.

— Vraiment? rétorqua-t-elle d'un ton sarcastique. Parce qu'il y a deux secondes, ton assistante m'a accusée d'avoir tué les Hayes.

Charles me jeta un regard assassin, mais il garda une voix calme pour Breanne.

— Je promets que ce n'est pas ce qu'elle faisait. C'est juste qu'elle a… des difficultés à s'exprimer clairement, parfois.

— Je veux qu'elle soit retirée de mon dossier, lui rappela Breanne avec un profond soupir. Et tu devrais envisager de trouver une nouvelle assistante, de toute façon.

Charles parla alors d'une petite voix :

— S'il te plaît, pourrais-tu juste…

— Oh, pour l'amour du ciel! cria Mamie en arrachant le téléphone des mains de Charles pour le donner à Mitch, qui fixa l'objet d'un air perplexe.

— Vas-y, ma chérie, l'encouragea Mamie. Dis-lui qui tu es et ce que tu veux.

— Bonjour, je suis Michelle Hayes, bafouilla la jeune femme au téléphone.

Tout le monde redevint silencieux en observant ce qui allait se passer ensuite.

— Pouvez-vous s'il vous plaît me donner le nom

de l'agent immobilier qui aidait mes parents à acheter leur nouvelle maison? demanda Mitch d'une voix tremblante.

Je ne savais pas si les larmes que l'on entendait à nouveau dans sa voix étaient authentiques ou si elles servaient à augmenter l'effet dramatique, mais j'espérais que cela fonctionne sur la femme grossière à l'autre bout du fil.

Bien sûr, le téléphone était parti trop loin pour que je puisse distinguer la réponse de Breanne, mais Mitch hocha la tête pendant que l'autre femme parlait.

— S'il vous plaît, dit ensuite la jeune fille dont la voix se brisa. Je veux seulement découvrir qui a tué mes parents et m'assurer qu'ils seront punis pour cela. Pouvez-vous m'aider?

Elle écouta un peu plus, acquiesça plusieurs fois, puis elle se tourna vers nous et leva le pouce avant de dire :

— Super. Merci beaucoup pour votre aide... oui, nous ferons ça. Au revoir.

— Alors? demanda Mamie en criant presque, prête à exploser d'excitation.

Mitch sembla très contente d'elle-même lorsqu'elle rendit le téléphone à Charles.

— Elle dit ne pas le savoir de tête, mais que c'est

dans la base de données des agents immobiliers. Elle cherche maintenant et enverra l'info à Charles par texto. Elle a dit, euh, qu'elle préfère ne plus avoir affaire à l'assistante.

Évidemment. Je commençais à penser que le problème de Breanne avec moi était plus important que mes quelques petits dessins sur les murs, mais franchement, ça n'avait pas vraiment d'importance. Pas alors que nous avions toujours un double meurtre à résoudre.

Charles me jeta un regard compatissant. Au même moment, un nouveau texto s'afficha à l'écran.

— Sandra Lynn d'Immobilier et Courtage du Phare. Quelqu'un reconnaît ce nom? demanda-t-il en nous regardant tour à tour.

Tout le monde secoua la tête et attendit que Charles reporte son attention sur son téléphone.

— Une seconde, dit-il en scrutant l'écran.

Les nuages venaient de s'écarter, envoyant un rayon lumineux directement sur le campus. C'était presque comme si Dieu lui-même voulait souligner l'importance de ce moment.

— Breanne vient d'envoyer un lien, expliqua Charles en faisant défiler des choses sur son téléphone.

Je m'approchai de lui et j'examinai son navigateur

Internet qui chargeait lentement. Quand le site finit par apparaître, je reconnus presque immédiatement la femme représentée sur la page d'accueil. Elle se tenait devant un phare noir et blanc, ses cheveux roux ondulés doucement agités par la brise et elle souriait en tenant un énorme panneau *VENDU*.

— Est-ce la femme que nous avons croisée au Little Dog Diner ? demanda Charles. Celle qui voulait notre table ?

Je fermai les yeux puis je regardai à nouveau. Oui, c'était toujours elle. Cependant, ce n'était pas au petit restaurant que je l'avais vue pour la première fois.

— Elle était à l'imprimerie quand Mamie et moi y sommes allées pour enquêter. Elle a dit qu'elle espérait récupérer une commande avant leur fermeture du soir. C'est à cause d'elle que je n'ai pas pu fouiller.

Une lueur de compréhension apparut dans les yeux de Charles.

— Cela veut donc dire qu'elle connaissait déjà au moins Bill, et peut-être Ruth également, supposa-t-il.

J'avais toujours été locataire, mais quelque chose ne me paraissait pas logique là-dedans.

— Mais s'ils étaient assez proches pour acheter leur nouvelle maison par son intermédiaire, pourquoi ne lui ont-ils pas également demandé de vendre l'autre ?

Charles haussa les épaules.

— Les gens n'utilisent pas toujours la même agence immobilière pour les deux transactions, mais je trouve étrange qu'elle n'ait pas été mentionnée dans l'enquête.

— Il est écrit ici qu'elle est basée près de Misty Harbor, ce qui expliquerait pourquoi nous l'avons vue au restaurant, fis-je remarquer. C'était à Misty Harbor également.

Charles se mordilla la lèvre avant de demander :

— Devons-nous l'appeler ?

— Et lui faire savoir que nous arrivons ? Surtout pas ! intervint Mamie avant de voler une nouvelle fois le téléphone de Charles.

— Donne-moi ça, dit-elle en soufflant, puis elle s'avança vers Yo-yo et plaça l'appareil devant sa tête.

Le chien se mit immédiatement à grogner et il chercha à mordre.

Mamie dut sauter en arrière pour éviter ses dents.

Octo-Chat trottina jusqu'à moi.

— Il dit...

— Oui, je crois que nous n'avons pas besoin de cette traduction, dis-je avec un sourire immense.

Nous avions réussi. Vraiment réussi. Et juste à temps, en plus.

— Allons chercher notre coupable, dit Mamie qui marchait déjà vers le parking.

Elle s'arrêta un instant pour crier par-dessus son épaule :

— Tu viens, Mitch ?

La jeune femme sauta du muret.

— Allons-y !

Et voilà comment on se mit tous à courir vers la voiture – Charles, Mamie, Mitch, Octo-Chat, Yo-yo et moi – que nous atteignîmes en un temps record pour un groupe aussi hétéroclite.

— Tout correspond, dis-je entre deux respirations pendant que je cherchais fébrilement à fermer ma ceinture de sécurité. Sandra ressemble suffisamment à Breanne pour que Yo-yo se trompe. Ce sont toutes deux des agentes immobilières qui travaillaient avec les Hayes, ce qui a dû rajouter à la confusion.

— De plus, tous les humains se ressemblent, fit remarquer Octo-Chat.

— Il y a ça aussi, répondis-je avec un rire libérateur.

Waouh, nous avions réussi.

— Maintenant il nous suffit de le prouver d'une façon qui tienne devant un tribunal et Brock sera un homme libre.

— Vous pouvez me laisser faire, dit Mamie en

faisant craquer les doigts comme si elle se préparait à la guerre.

— Pas question ! répondit Charles à ma place. Vous en avez déjà fait bien assez.

— Attendez un peu, dis-je calmement en faisant de mon mieux pour être la voix de la raison. Nous avons un long trajet devant nous. Nous pouvons réexaminer tous les faits que nous connaissons déjà à la lumière de cette nouvelle information et essayer de découvrir quel mobile Sandra Lynn peut avoir pour...

Je m'interrompis en me souvenant que Mitch était avec nous maintenant.

— Enfin, vous savez.

— Bien sûr, répondit Charles en me faisant un sourire rusé. Tant que tout le monde reste éveillé, cette fois.

— *Ha, ha, morte de rire*, rétorquai-je. Ce n'est pas le moment de faire des blagues. C'est le moment de trouver des réponses.

— Nous allons te mettre au courant de tout, Mitch, marmonna Mamie depuis le fond de la voiture avant de poser une main de chaque côté du siège de Charles et moi.

— Où est votre mallette ?

— Je l'ai ici, dis-je en me baissant pour l'attraper à

mes pieds. Laisse-moi une minute pour faire un peu de… euh, de tri, et je te la laisse.

J'attrapai toutes les photos et les rapports écrits décrivant la scène de crime et je les fourrai dans la boîte à gants, puis je tendis le sac de Charles à Mamie.

Mamie commença à expliquer ce que nous savions déjà à son public fasciné d'une seule personne.

— Alors, nous avons fini maintenant? demanda Octo-Chat depuis le coussin sur mes genoux. L'affaire est close?

— Nous y sommes presque, le rassurai-je en le caressant doucement sur la tête.

— Comment passons-nous de presque à complètement? demanda-t-il en grognant.

J'essayai de ne pas le prendre pour moi, car je savais combien il détestait les trajets en voiture et j'avais oublié de lui prendre du Benadryl pour notre trajet de retour.

— Il me faut rentrer à la maison et dormir pendant au moins six ou sept jours, m'informa-t-il avec un soupir éreinté.

— D'après ce que Yo-yo nous a dit, nous avons de bons arguments contre Sandra Lynn, expliquai-je. Le seul problème est que ça ne suffira pas pour les autres humains.

— Parce que c'est un chien ? demanda Octo-Chat.

Je levai les yeux au ciel.

— Je pense que tu sais pourquoi. Ne fais pas le malin.

— Alors que faut-il faire, maintenant ? insista-t-il.

— Nous devons trouver des preuves qu'ils accepteront sans remettre en question notre santé mentale. Nous avons déjà la réponse. Maintenant il nous faut travailler à l'envers pour trouver des indices confirmant cette réponse. Tu comprends ?

— Oui, mais j'ai l'impression que ça fait beaucoup de travail.

Octo-Chat adopta une posture plus raide quand Charles tourna brusquement dans un virage.

— Tu sais que tu as une autre possibilité, n'est-ce pas ?

— Ah bon, vraiment, et laquelle ? le défiai-je en posant une main sur son dos pour l'aider à rester en place.

Il agita la queue d'un grand geste avant de révéler :

— Obtenir une confession. *Évidemment.*

Les heures qu'il avait passées à regarder la télévision étaient enfin payantes. J'étais ravie qu'il soit passé de *Dora l'exploratrice* à *New York Police Judiciaire*, ce qui était sans aucun doute la source de son inspiration du moment.

Charles se retourna pour m'examiner brièvement avant de se concentrer à nouveau sur la route.

— Qu'a-t-il dit ?

Bon, j'avais un petit dilemme. Même si je ne voulais pas mentir à Charles, je savais également qu'il n'allait pas être fan du projet de confession forcée.

Dans ma dernière affaire, je m'étais jetée dans les problèmes et j'avais tout juste réussi à en réchapper. Cette fois, je n'avais pas l'intention de commettre la même erreur.

Non.

Cette fois, j'allais être accompagnée par le chat en me rendant au travail de Sandra Lynn pour exiger une explication.

18

Quand nous arrivâmes à Glendale, le soleil de midi était déjà très haut dans le ciel. Mamie invita tout le monde chez elle pour déjeuner pendant que nous faisions un nouvel inventaire des preuves, essayant cette fois de démontrer ce que Yo-yo nous avait révélé ce matin-là.

Je pris congé de la petite fiesta en fournissant l'excuse tout à fait valable selon laquelle je devais ramener Octo-Chat à la maison pour qu'il utilise sa litière. Ils n'avaient pas besoin de savoir ce que j'avais prévu après ce rapide arrêt.

— Bon, que faisons-nous maintenant? demanda Octo-Chat après être allé sur sa litière et s'être essuyé les pattes sur le nouveau paillasson que j'avais acheté spécialement pour lui.

— Que veux-tu dire? dis-je en fouillant le frigo à la recherche de nourriture que je pouvais avaler rapidement afin de calmer mon estomac qui gargouillait.

Il me considéra d'un air plein de pitié.

— Que veux-tu dire par «que veux-tu dire?» Je veux dire que nous allons chercher cet aveu, non? J'ai supposé que nous n'en avions pas parlé dans la voiture parce que tu ne voulais pas qu'Upchuck connaisse le plan, pas parce que tu avais déjà abandonné l'idée.

Pendant qu'il me sermonnait, je trouvai un paquet – vieux, mais pas encore périmé – de fromage effiloché au fond de mon tiroir à légumes et je pris quelques morceaux pour tenir le coup. Après avoir ouvert le premier sachet avec beaucoup d'aplomb, je déchirai un gros morceau et je le fourrai dans ma bouche.

Puis je tentai de répondre aux inquiétudes de mon chat :

— Bien sûr que nous allons chercher cet aveu. Je me suis dit que nous pouvions commencer en faisant semblant que j'étais une cliente intéressée, pendant que tu te caches dans ton sac en osier.

Octo-Chat fronça le nez.

— Je déteste ce sac.

— As-tu d'autres idées? le défiai-je en plaçant un autre gros morceau de fromage dans ma bouche.

Il fit des aller-retour sur la table, frustré, tout en parlant :

— J'ai bien des idées, mais aucune qui ne met pas au moins une de mes vies en danger. Je veux bien faire ce sacrifice pour l'équipe, mais quelque chose me dit que ce n'est pas ton cas.

— Je n'ai qu'une seule vie, tu te souviens?

J'aurais sans doute dû être vexée qu'il oubliât systématiquement – ou en tout cas qu'il choisissait d'ignorer complètement – ce fait très important, mais j'étais trop fébrile pour m'en soucier.

— Ahh, oui.

Octo-Chat se laissa tomber sur son derrière et secoua la tête.

— Tellement fragile.

J'avalai le dernier fil de ma première part de fromage et j'ouvris le second paquet en levant les yeux au ciel.

— D'accord, je suis fragile, mais je pense quand même que te placer dans ce sac pendant une demi-heure est préférable à ma mort potentielle. Pas toi?

Octo-Chat réagit en levant une patte arrière au-dessus de sa tête et en léchant ses parties intimes.

J'eus soudain beaucoup moins d'appétit.

— Euh, pardon ? Je suis en train de te parler !

— Quoi ? Je réfléchis encore. Donne-moi une minute, marmonna-t-il pendant qu'il continuait à se laver.

C'était si agréable de voir que ma vie avait une importance comparable au fait d'éviter un sac en osier à l'odeur parfaitement normale. Son sens supérieur de l'odorat était une excuse et je le savais. Ce snobinard de chat affirmait qu'il sentait mauvais parce qu'il détestait le fait que c'était un sac d'occasion récupéré dans une boutique solidaire.

— Très bien, finit-il par dire en laissant retomber sa patte au sol. Je vais monter dans le sac, mais tu m'en dois une.

— Je t'en dois déjà une pour le harnais, fis-je remarquer en regrettant instantanément ma grande bouche.

J'y fourrai un autre morceau de fromage effiloché en espérant que cela m'empêche de dire autre chose que je risquais de regretter.

Ce qui pouvait seulement être décrit comme un sourire diabolique apparut sur son visage poilu.

— Oui, répondit-il avec un rire malicieux. Et la taille de cette faveur vient de grandir. Continue, ma chérie. Papa a besoin d'un nouveau… eh bien, tout.

Berk. Je ne savais pas si je devais être plus effrayée par la menace ou dégoûtée par la manière qu'il avait de la formuler. Je ravalai mon angoisse ainsi qu'un trop gros morceau de fromage non maché. Il ne me fallut qu'une fraction de seconde pour comprendre que j'étais en train de m'étouffer.

Octo-Chat m'observa tranquillement pendant que je faisais des signes désespérés en indiquant ma gorge. Il ne bougea pas une patte pendant que je toussais et que je me frappais la poitrine, délogeant enfin le morceau mal placé.

— Qu'aurais-tu fait si j'étais morte ? demandai-je d'une voix rauque. J'étais en train de m'étouffer et tu n'as même pas essayé de m'aider !

Il bâilla.

— Oh, c'était donc *ça* que tu faisais ? Je croyais que tu essayais de gagner du temps. Tu sais, si nous ne nous dépêchons pas, Upchuck et la bande viendront nous chercher. Est-ce ce que tu veux ?

Grr. Je détestais qu'il ait raison encore plus que je détestais son manque total de compassion.

— Très bien, allons-y, dis-je après avoir rempli ma bouteille d'eau à l'évier.

Octo-Chat me suivit d'un pas hésitant.

— Pas de harnais, cette fois ?

— Non.

J'attrapai mon excellent accessoire dans le placard des manteaux et je lui montrai.

Il me tardait de le voir souffrir un petit peu. C'était dans la nature de notre relation.

— Ce sera le sac, à la place.

Il leva la patte avec un geste que je n'avais pas vu chez lui auparavant. Il avait dû l'apprendre dans une des nombreuses émissions pour enfants.

— Euh, j'ai une question.

Je levai les sourcils et je lui fis signe de continuer.

— Quel est mon rôle dans tout ceci?

— Si les choses tournent mal, utilise ton iPad pour appeler à l'aide. Et si ça se passe vraiment très mal, utilise tes griffes et attaque. Peux-tu faire ça pour moi?

Il hocha la tête.

— Tant que tu n'oublies pas de prendre mon iPad.

Je poussai un grognement et je retournai à la chambre pour récupérer son jouet préféré.

— C'est bon? demandai-je en le rangeant dans une poche arrière du sac.

C'était une façon très étrange de me préparer à ce qui pouvait être une situation risquée, mais c'était assez représentatif de ma vie actuelle.

— Une dernière chose, lui dis-je pendant que

nous marchions jusqu'à la voiture. Je vais appeler ma mère.

— Pourquoi ? Ne suis-je pas suffisant ?

— Crois-moi, dis-je en riant, tu es plus que suffisant en général, mais j'ai promis un scoop à ma mère. Et je vais faire en sorte de le lui obtenir.

Il semblait toujours perplexe.

— Ne va-t-elle pas essayer de t'arrêter ? N'est-ce pas pour cette raison que tu n'as rien dit à Charles et Mamie ?

— Oui, c'est pour cela que je ne leur ai pas dit, mais maman ne s'inquiète pas comme eux. Elle comprend le besoin de faire ce qu'il faut pour une histoire intéressante.

Octo-Chat grimpa sur mes genoux et enfonça les griffes dans ma cuisse lorsque je démarrai le moteur.

— C'est ta vie, dit-il.

Quelle belle attitude pour un acolyte. Si le moment de me sauver la vie arrivait vraiment, j'espérais qu'il fasse le nécessaire. Cependant, j'en étais beaucoup moins sûre après le bref incident de mon étranglement.

Je ne pouvais pas me concentrer là-dessus maintenant. Il fallait que je sauve un homme innocent d'une peine de prison à vie. La dernière fois, j'avais été attrapée parce que je n'avais pas compris que je m'aventurais dans une situation dangereuse. Cette fois je le savais, et j'étais prête.

Après avoir bouclé ma ceinture, je connectai l'iPad d'Octo-Chat au Bluetooth de la voiture et je passai un appel Face-Time sans la vidéo à ma mère.

Elle décrocha si vite que je n'entendis même pas la sonnerie.

— Salut, Angie. Ça a marché aujourd'hui?

— Justement, annonçai-je en parlant d'une voix forte pour être sûre qu'elle m'entende par-dessus le bruit du moteur de la voiture. Je suis en route pour Misty Harbor en ce moment même. Penses-tu pouvoir me rejoindre avec une équipe de tournage?

— Il me faudra peut-être un peu de temps pour rassembler tout le monde. Nous n'avons pas l'habitude des flashs spéciaux à Glendale. Mais je serai là aussi vite que possible. Un endroit en particulier?

— Immobilier et Courtage du Phare, lui dis-je en énonçant l'adresse.

— Je suis impressionnée. Comment as-tu découvert qui est vraiment coupable? demanda-t-elle.

Pleine de fierté filiale, j'hésitai néanmoins. Elle ne connaissait pas encore la vérité sur mes capacités et ceci ne semblait pas être le bon moment ni la bonne façon de le lui dire.

— C'est une longue histoire. Filmons-la, dis-je en

sachant très bien que je n'allais jamais au grand jamais révéler mes pouvoirs bizarres dans le journal local. C'était déjà assez difficile de le dire à ma mère, mais je savais que j'allais m'en charger avant la fin de cette journée.

— Ça, c'est ma fille intelligente. Ce BTS en communication valait vraiment le coup. Je pense néanmoins que tu devrais y retourner pour le journalisme. Nous ferions une équipe fabuleuse, toi et moi.

— Je vais y réfléchir, maman.

Je savais néanmoins que la salle de rédaction ne m'attirait pas du tout. J'aurais détesté être en compétition directe avec ma mère ambitieuse, et j'aurais encore plus détesté d'avoir à travailler à ses côtés tous les jours. Nous nous aimions certainement, mais surtout à petites doses.

Elle rit avec bonhomie.

— Je sais ce que ça signifie, mais tu as raison. Concentrons-nous sur l'histoire en cours pour le moment.

Il me restait encore une chose à dire, et c'était la plus difficile.

— Maman ?

— Oui ?

— Si tu reçois un appel de ma part pendant l'heure qui suit, même si – tout particulièrement si –

je ne parle pas à l'autre bout du fil, appelle la police. D'accord ?

Je l'entendis inspirer en serrant les dents avant qu'elle demande :

— Fais-tu quelque chose de dangereux ?

J'espérais bien que non.

— Non. C'est juste une précaution, mentis-je.

Bien sûr, je savais que Sandra avait déjà tué – deux fois ! – et qu'il n'y avait aucune garantie pour qu'elle ne se retourne pas contre moi en découvrant que j'avais compris ses crimes et que j'avais l'intention de les révéler.

— Je suppose que c'est toujours bien d'avoir un plan B, dit ma mère d'un air résigné. J'arrive bientôt.

— D'accord, répondis-je. Appelle-moi quand tu arrives. Mon téléphone sera peut-être éteint, mais je te rappellerai dès que possible. Et maman ?

— Oui ?

— Je t'aime.

— Je t'aime aussi.

J'inspirai profondément et je me tournai vers Octo-Chat.

— Voilà, dis-je. Maintenant, le numéro de portable de ma mère est le dernier dans ton historique d'appels. Appelle-la s'il y a un problème, d'accord ?

Son visage était très sombre. Je ne savais pas s'il commençait à voir le danger que représentait la situation pour moi ou s'il était simplement contrarié par le trajet en voiture.

La seule chose dont j'étais certaine, c'était que nous allions attraper une tueuse aujourd'hui. *Quoi qu'il arrive.*

19

C'est l'heure, marmonnai-je depuis le siège de ma voiture qui était maintenant garée sur un petit parking devant Immobilier et Courtage du Phare. Mes mains tremblaient lorsque j'attrapai mon sac en osier rayé sur le plancher du côté passager et que je l'ouvris afin qu'Octo-Chat puisse grimper dedans.

Il grogna, mais il obéit sans trop se plaindre.

— Souviens-toi, ton iPad est rangé dans la poche arrière, l'informai-je. Je vais garder ton sac sur mes genoux. S'il y a une urgence, saute du sac et fais-le tomber de mes genoux. Cela devrait faire tomber l'iPad sur le sol pour que tu puisses t'en servir.

— Compris, dit-il. Mais que faire s'il finit à l'envers ?

— Espérons que non, dis-je en regrettant de ne pas avoir vu le défaut de mon plan plus tôt.

Mais nous étions arrivés maintenant et il fallait agir.

— Place-le simplement dans le sac à côté de moi, dit-il en sortant la tête pour m'étudier.

— Mais tu n'aimes pas que les objets te touchent, fis-je remarquer.

— C'est désagréable, oui. Mais ce serait bien plus gênant si tu mourais et que je devais éduquer un autre humain à comprendre mes préférences.

— Ooh, alors, tu m'aimes bien, finalement! m'extasiai-je en sortant l'iPad de la poche arrière et en le glissant dans le compartiment principal du sac.

— Assez de sentiments. Vas-y et attrape la méchante, dit-il en baissant la tête pour se remettre en position.

Bon. J'inspirai encore une fois bien profondément et je descendis de la voiture, ajustant soigneusement le sac sur mes épaules pendant que je m'approchais de la porte d'entrée. J'espérais que Sandra était présente. Je n'avais pas appelé en avance, préférant improviser. Oui, ce n'était pas un plan bien ficelé, mais je comptais sur l'utilité des gènes d'art dramatique de la famille.

Quand je poussai la porte en verre, une clochette

annonça mon arrivée. Le bureau avait une odeur agréable de vanille chaude et l'accueil était encadré par deux canapés moelleux et une collection tentante de magazines. Il y avait même un petit frigo avec de l'eau en bouteille, plusieurs sortes de sodas, et des cafés glacés.

En voyant que personne n'attendait au bureau d'accueil, j'en profitai pour piquer un des cafés... J'allais peut-être m'en acheter pour la maison. J'ouvris la canette et je bus une gorgée avec plaisir, avant de tout avaler en trois coups de gosier.

Le café allait-il me donner du courage ?

Je l'espérais vraiment.

— Bonjour et bienvenue à l'Immobilier et Courtage du Phare, me salua une voix de femme de l'autre côté de la pièce. Comment puis-je vous aider ?

Je tournai la tête et je reconnus immédiatement Sandra Lynn avec ses cheveux roux frisés caractéristiques et cet énorme sourire dont je savais maintenant qu'il cachait de sombres secrets. Je serrai les lanières de mon sac, car j'avais besoin du lien avec Octo-Chat pour garder toute ma tête et rester focalisé.

— Bonjour, dis-je avec ce que j'espérais être un sourire agréable. Je suis ici parce que j'aimerais acheter une maison.

Sandra rit et le bruit fut étonnamment aigu. Je me

demandai si son rire m'aurait autant dérangé si je ne connaissais pas ses activités criminelles en dehors des heures de travail.

— Eh bien, je peux certainement vous aider dans ce domaine. Si nous nous installions dans mon bureau ?

Elle commença à avancer d'un pas assuré le long du couloir et je la suivis.

— Vous avez de la chance, bavarda-t-elle par-dessus son épaule pendant que nous marchions. En général, les gens sans rendez-vous ont affaire à un de nos assistants, mais il se trouve que j'ai eu une annulation cet après-midi. En tant que propriétaire de cette agence et ayant le plus d'expérience, je ferai en sorte que vous trouviez la maison de vos rêves en très peu de temps.

Elle minauda en s'arrêtant et en attendant que j'entre dans le petit bureau sombre devant elle.

— C'est effectivement une chance, dis-je avec un sourire poli.

— Comment vous appelez-vous, ma chère ? Et est-ce votre premier achat de maison ?

Sandra s'installa derrière son bureau et se pencha légèrement en avant pendant que nous parlions.

— Je m'appelle Angela, dis-je en tendant le bras pour lui serrer la main.

Ce n'était pas tout à fait un mensonge, mais ce n'était pas non plus toute la vérité. Personne ne m'appelait Angela en dehors d'Octo-Chat et même lui ne le faisait que de temps en temps.

— Oui, c'est ma première fois, terminé-je.

— Eh bien, laissez-moi vous faire un petit résumé des éléments de base, dit Sandra en se lançant dans un long monologue qui me donna le temps de scruter la pièce.

Je ne remarquai rien de particulièrement incriminant, mais je ne m'attendais pas non plus à trouver un marteau ensanglanté posé sur son bureau.

Sandra finit son discours et attendit que je dise quelque chose, mais je n'avais pas fait suffisamment attention pour savoir quoi.

— Que cherchez-vous, ma chère ? répéta-t-elle.

Son sourire faiblit légèrement pendant qu'elle attendait que je veuille bien prendre part à notre échange.

— Euh...

Je repensai à toute la gymnastique mentale effectuée par Charles, Mamie, Mitch et moi lors du trajet de retour à Glendale. Tout était focalisé autour de la question : *Quelle raison une agente immobilière peut-elle avoir de tuer ses clients ?* L'argent semblait être le plus logique. Je ne comprenais pas ce que cela impliquait, mais je décidai d'aborder délicatement le sujet.

— J'aimerais vraiment un joli T3, mais j'ai peur de ne pas avoir assez d'argent pour que la maison de mes rêves devienne une réalité.

Elle fronça brièvement les sourcils avant de secouer la tête et de sourire à nouveau.

— Ce n'est pas grave. Nous pouvons travailler en fonction. Comment est votre crédit à la banque ?

— Assez mauvais.

Malheureusement, cette partie-là n'était pas un mensonge.

Elle pinça ses lèvres couleur corail.

— Mmm.

— Pouvez-vous faire quelque chose pour m'aider ? demandai-je en jouant mon meilleur rôle de future propriétaire désespérée.

Sandra se raidit et elle mit un moment avant de répondre.

— Il existe des programmes gouvernementaux qui pourraient vous aider à acquérir une maison. Votre taux d'intérêt ne sera sans doute pas très bon, mais c'est le cas pour beaucoup d'acheteurs dont c'est la première fois.

— D'accord, dis-je, impuissante.

— Pourquoi avez-vous décidé d'acheter maintenant, si le budget vous fait défaut? demanda-t-elle.

Il me fallut réfléchir vite pour éviter les soupçons, alors je dis la première chose qui me passait par la tête.

— Eh bien, l'endroit que je loue en ce moment me donne l'impression que mon chat et moi vivons l'un sur l'autre. Nous avons besoin de plus d'espace. Oh, et j'ai un chien aussi. Un yorkshire.

Elle pâlit soudain et déglutit avant de laisser entendre une nouvelle fois son rire strident.

— On dirait bien que vous n'avez pas une minute à vous.

Je ne savais pas si je l'avais imaginé, mais elle avait semblé vaciller un peu quand je mentionnai « mon » yorkshire. Si je pouvais insister un peu plus sur ce sujet, j'allais peut-être suffisamment la déstabiliser pour la piéger afin qu'elle avoue.

— Aimez-vous les chiens? demandai-je en serrant mon sac pour rassurer Octo-Chat, qui détestait sans aucun doute ne pas pouvoir se joindre à cette conversation en particulier. Après tout, un de ses passe-temps favoris depuis qu'il avait rencontré Yo-yo était de faire remarquer comme les chats étaient supérieurs aux chiens.

— J'ai gardé un chien pour des amis, une fois, répondit Sandra en se détournant de moi pour organiser quelques feuilles de papier. Je ne suis pas certaine d'être faite pour avoir un compagnon canin, mais puisque vous l'êtes, nous allons vous trouver un endroit avec un jardin clôturé.

Elle me tendit l'annonce d'une maison en vente d'un air triomphant.

Je songeai à ces paroles tout en faisant semblant de lire la liste. Elle avait gardé un chien pour des amis? Parlait-elle de Yo-yo? Était-ce pour cette raison qu'il avait disparu pendant quelques semaines avant de réapparaître devant la porte des Hayes où Charles l'avait trouvé? Et si oui, pourquoi Yo-yo ne nous l'avait-il pas dit?

Je pensais que sa perte de mémoire traumatique avait été résolue depuis qu'il avait revu Mitch, mais il avait peut-être choisi d'oublier une partie des détails n'étant pas directement liés à la personne coupable.

— Je ne suis pas certaine que celle-ci me convienne, dis-je en poussant le papier vers elle. Mais, merci.

— Avez-vous regardé un peu en ligne? Les annonces ne sont pas toujours les plus à jour, mais si vous avez une idée de ce que vous aimez, cela pourrait m'aider à mieux définir la recherche.

Elle était très douée pour rester dans le vif du sujet et pour me pousser un peu plus à acheter à chaque commentaire. Il allait me falloir quelque chose d'énorme pour la perturber. Heureusement, j'avais encore une carte à jouer.

— À vrai dire... dis-je en essayant de calmer mes mains tremblantes en serrant le sac en osier contre moi. Il y a cet endroit qui me plaît à Glendale. C'est au-dessus de mon budget, mais j'espère faire une bonne affaire.

— Je peux négocier avec le propriétaire, dit Sandra avec un sourire mielleux. Est-ce la maison que vous voulez? Êtes-vous prête à préparer une offre?

— Eh bien, c'est vraiment une belle maison. Je suppose que nous pourrions essayer, dis-je en faisant semblant d'hésiter.

Elle hocha la tête d'un air enthousiaste. Je suis certaine que ce doit être agréable de prendre une grosse commission en ne faisant presque pas de travail. Elle me voyait sans doute comme un énorme et brillant symbole du dollar.

— Fabuleux. Avez-vous l'adresse?

Je sortis mon téléphone et je fis semblant de chercher l'information avant d'énoncer l'adresse des Hayes, que je connaissais déjà par cœur.

Sandra ne dit rien… elle se contenta de me fixer, alors j'ajoutai :

— Comme je l'ai dit, j'espère que nous pourrons faire une affaire, parce que deux personnes ont été assassinées là-bas.

— Je ne pense pas que cette maison vous convienne, ma chère, cracha-t-elle enfin.

— Pourquoi pas ? C'est dans un très bel endroit et il y a beaucoup de place pour mes animaux et moi. Ne pouvons-nous pas au moins faire une offre et attendre de voir ?

— Je vous encourage vraiment à envisager une propriété avec un passé moins sordide, dit-elle en se retournant vers ses dossiers et en sortant une autre annonce, apparemment au hasard. Ceci a l'air très bien. Qu'en pensez-vous ?

Je ne regardai même pas son papier. En gardant les yeux rivés sur elle, j'humectai mes lèvres et je dis :

— Vous avez affirmé que nous pouvions faire une offre, et c'est ce que je veux faire. Pouvons-nous commencer, s'il vous plaît ?

Elle secoua la tête.

— Je ne devrais sans doute pas le dire, parce que ça donne l'impression que je suis un peu, enfin, tombée sur la tête…

Sandra s'arrêta pour rire, mais je gardai le visage impassible en attendant.

— Mais cet endroit que vous avez mentionné? poursuivit-elle. Il est très, très hanté.

— Ah bon? Excusez-moi un instant.

Je posai mon sac sur le sol juste devant son gros bureau afin qu'elle ne puisse pas voir ce que je faisais sauf si elle choisissait de se lever. J'attrapai l'iPad et je fis signe à Octo-Chat de sortir. Quand les deux furent posés sur le sol et que je vis le chat passer un coup de fil à ma mère, je me redressai sur ma chaise et je me focalisai à nouveau sur Sandra, qui semblait de plus en plus nerveuse.

— C'est hanté, hein? demandai-je en secouant la tête. Eh bien, ça alors.

Elle hocha la tête avec empressement, le visage très soulagé.

— Je sais que certaines personnes ne croient pas du tout aux fantômes, mais ils sont là et ils sont très en colère. Il vaut mieux ne pas être impliquée dans tout ce bazar.

— Waouh. Mmm, dis-je en faisant semblant de réfléchir soigneusement, mais seulement pour gagner un peu plus de temps.

Si Octo-Chat réussissait à joindre ma mère avant que je révèle ma main, elle allait pouvoir entendre la suite. J'entendis un petit murmure venant du sol. Ça devait être elle.

— Qu'était-ce? demanda Sandra en scrutant la pièce pour trouver la source du bruit.

— Attendez. J'ai une question, lâchai-je afin d'attirer son attention sur moi. Vous dites que les fantômes sont en colère. Est-ce parce que vous les avez assassinés?

20

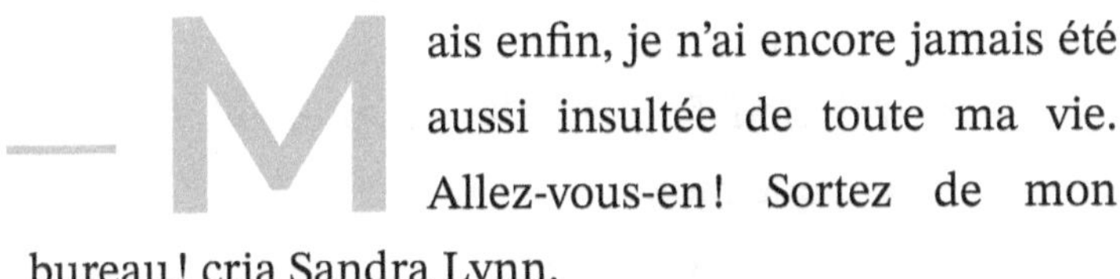

— **M**ais enfin, je n'ai encore jamais été aussi insultée de toute ma vie. Allez-vous-en! Sortez de mon bureau! cria Sandra Lynn.

Son sourire avait complètement disparu de son visage, qui était maintenant contracté par la rage. Elle se leva si vite que je me recroquevillai instantanément de peur.

En essayant maladroitement de me lever, je marchai sur la queue d'Octo-Chat.

Il laissa échapper un miaulement terrible et sauta sur le bureau entre nous en sifflant comme un ouragan.

— Quoi? D'où sort-il, celui-là? demanda Sandra

en devenant de plus en plus rouge à mesure que le temps passait.

— Pourquoi ne pas répondre d'abord à ma question? criai-je. Je sais que vous avez tué les Hayes et je peux le prouver!

— Vous ne pouvez rien prouver du tout, cracha-t-elle. Maintenant, sortez d'ici!

Je croisai les bras et je la fixai droit dans les yeux en espérant qu'elle ne voie pas comme j'avais peur à ce moment précis.

— Je n'irai nulle part tant que vous n'admettrez pas ce que vous avez fait.

— Je n'ai rien fait, dit-elle en prenant soin de prononcer chaque mot.

Je n'étais pas convaincue.

— Vous avez tué les Hayes de sang-froid. Vous leur avez cassé le crâne avec un marteau et vous avez fait porter le chapeau à l'homme à tout faire. Hé, si j'accepte de travailler avec vous, allez-vous me tuer également?

Sandra souffla et se jeta sur moi, mais je fus trop rapide pour elle.

Je courus hors de son bureau et je retournai à l'accueil.

— Au secours!

— Il n'y a personne d'autre ici, me dit Sandra en s'approchant lentement et posément.

Je vis une occasion et je la saisis. Je me frayai un chemin entre elle et le mur du couloir, et je filai dans son bureau avant de verrouiller la porte derrière moi.

— Tu vas regretter ça ! cria-t-elle un tapant furieusement des poings sur la porte.

Je ne l'écoutai pas et je commençai à ouvrir les tiroirs et les meubles de classement.

— Aide-moi à trouver des preuves ! lançai-je à Octo-Chat qui était en train de lécher sa queue endolorie.

On se mit tous les deux à courir dans le bureau.

Il devait sûrement y avoir quelque chose ici.

— J'ai appelé ta mère, comme tu me l'avais demandé, m'informa mon chat.

— J'appelle la police ! cria Sandra depuis le couloir.

— Bien, ce sera plus facile de vous arrêter ! hurlai-je à mon tour en la mettant au défi tout en faisant un sourire reconnaissant au chat.

— Merci pour ton aide, lui dis-je. Tu as bien fait.

Nous cherchâmes fébrilement pendant encore quelques instants, mon désespoir augmentant à chaque seconde qui passait.

— Qu'est-ce que c'est ? Les mots me semblent

familiers, dit Octo-Chat en poussant une pile de courriers posés en haut d'une armoire de classement jusqu'à ce qu'elle tombe et s'éparpille sur le sol.

Il ne savait toujours pas lire, mais il commençait à reconnaître les schémas familiers de nombres et de lettres.

Effectivement, je parcourus la pile et je trouvai une enveloppe scellée adressée à Charles, au cabinet.

— Oh! Vous pensiez pouvoir faire chanter mon collègue, hein? criai-je à Sandra en agitant la lettre alors qu'elle ne pouvait pas la voir. Mais pourquoi le menacer si vous saviez que Brock Calhoun n'a pas tué Bill et Ruth Hayes?

Elle ne me fit pas de réponse fâchée. En fait, Sandra ne dit rien du tout et l'agence devint entièrement silencieuse. Le seul bruit dans mes oreilles était celui de mon sang qui coulait très vite dans mes veines. Mon cœur se mit à battre follement pendant que je priais pour que Sandra n'ait pas mis les mains sur un pistolet ou une autre arme pour m'attaquer à travers la porte fermée.

Un instant plus tard, la porte d'entrée s'ouvrit violemment, faisant bruyamment tinter la cloche.

— Laura Lee, pour le journal de Channel 7. Pouvez-vous raconter aux téléspectateurs ce qu'il se passe ici? dit ma mère d'une voix forte et claire, et je l'imaginais avec le microphone inquisiteur qu'elle agitait comme une épée quand elle était vraiment sur le sentier de la guerre. Je me dis que ce devait être ce genre de moment.

Maintenant que j'avais des renforts, je n'eus pas peur de sortir et je retournai dans la pièce principale juste à temps pour voir Sandra Lynn partir en courant.

— Maman ! Arrête-la ! criai-je en commençant à poursuivre la fugitive.

Je ne savais pas du tout ce que j'allais faire si je l'attrapais, mais il fallait au moins que j'essaie.

— Attends ici, dit ma mère en laissant tomber son micro et en me prenant dans ses bras.

Son caméraman lui courut après, mais il était gêné par l'équipement énorme sur son épaule.

À travers la porte vitrée, je vis une voiture de police s'arrêter en faisant crisser les pneus et deux policiers armés intervenir.

— Je l'ai ! cria Charles depuis un endroit que je ne voyais pas.

Ma mère me lâcha et je filai dehors pour mieux voir. Effectivement, Charles tenait la meurtrière très affolée dans ses bras.

— Vous n'avez pas de preuves ! cria-t-elle.

— En réalité, j'ai ceci, dis-je en agitant l'enveloppe. C'était dans son courrier à envoyer, expliquai-je en la donnant au policier le plus proche.

— Des lettres de menaces, hein ? dit-il avec un sourire en coin après avoir scruté la lettre.

Il la glissa dans sa poche avant de me remercier :

— Je vous suis reconnaissant pour ça, mais la conspiration de masse et le double homicide devraient suffire à l'enfermer pour un bon moment.

— J'ai des droits ! cria pathétiquement Sandra.

— C'est vrai, dit l'autre policier. Je vais vous les lire tout de suite. Vous avez le droit de garder le silence...

Charles s'avança tranquillement vers moi en boitant un peu et je supposai que Sandra avait dû se débattre quand il l'avait attrapée.

— Est-ce que ça va ? demanda-t-il en m'examinant.

— Je vais bien.

Quand il comprit que c'était vrai, ses beaux traits se tordirent en un masque de colère.

— Pourquoi es-tu venue ici toute seule ?

— Il me fallait trouver un moyen de prouver l'innocence de Brock et ceci me semblait le moyen le plus infaillible.

— Eh bien, c'était le moyen le plus ridicule. Et le plus dangereux également.

Je secouai la tête en repensant à ce qu'avait dit le policier.

— As-tu trouvé un autre moyen de prouver sa culpabilité ?

Il passa une main dans ses cheveux et soupira.

— Oui, et si tu étais revenue à la maison, j'aurais pu te le dire en personne.

— Comment ? insistai-je. Je ne comprenais toujours pas pourquoi l'agente immobilière s'était retournée contre ses clients, et cela me rendait dingue.

— Mitch, dit simplement Charles. Elle a tout mis en route en envoyant des textos à quelques personnes cruciales pendant notre trajet.

— Mais elle a dit que son téléphone...

— Elle a utilisé celui de Mamie, m'interrompit-il. Quoi qu'il en soit, tu étais sur la bonne voie avec l'imprimerie de Bayside, mais tu n'avais pas le bon accès. L'ancien employeur de Bill, monsieur Weber, a pu faire une restauration du système pour retrouver des fichiers anciennement effacés. Quand il a su quels travaux et dossiers d'Immobilier et Courtage du Phare il devait examiner, il a trouvé exactement ce qu'il cherchait.

J'étais très heureuse que nous ayons trouvé la réponse, mais ça ne me semblait toujours pas logique.

— Ce qui était ?

— Le mobile, dit Charles avec un sourire charmeur. C'était petit et facile à rater, mais lors de son dernier travail d'impression, Sandra a fourni une page en trop.

— Ce qui signifie ? demandai-je en lui faisant signe de se dépêcher et de répondre à la question qui me rongeait depuis une semaine.

— Ce qui signifie qu'elle a donné un document financier à Bill montrant des activités illégales avec de la fausse documentation et des comptes offshore, expliqua-t-il.

— Et elle a donc tué à cause de ça ? Parce qu'elle avait peur qu'il la dénonce ?

— Il m'a fait du chantage ! cria Sandra. Il a dit que puisque je savais déjà comment contourner les règles, ça ne serait pas très difficile pour moi de lui trouver une nouvelle maison gratuitement, cet enfoiré égoïste ! Je n'avais pas un demi-million à jeter par les fenêtres. Que fallait-il que je fasse ?

— Ne pas voler pour commencer, dit l'un des policiers en baissant la tête de Sandra et en la poussant à l'arrière de la voiture de patrouille.

— Oui, et vous n'auriez certainement pas dû le tuer ni personne d'autre, dit le deuxième.

— Eh bien voilà la réponse, annonça ma mère en

venant se placer entre Charles et moi. Brock Calhoun est innocent et le véritable meurtrier a maintenant été arrêté. Et vous avez vu tout cela en direct, en exclusivité sur Channel 7.

Pendant que ma mère commençait à interviewer Charles, je m'écartai discrètement et je partis récupérer mon chat et son iPad à l'intérieur de l'agence.

Je trouvai Octo-Chat roulé en boule sur la chaise de bureau de Sandra. D'une façon ou d'une autre, il avait réussi à s'endormir malgré toute l'agitation.

— Hé, dis-je en le réveillant doucement. Nous avons réussi.

Il cligna des paupières pour me regarder, bâilla, puis dit :

— Super. Et maintenant ?

— Que dirais-tu d'un sandwich au homard au restau de Little Dog ?

Charles nous rejoignit pour le repas et il paya même pour tout le monde, y compris Mitch, Mamie et Yo-yo qui nous rejoignirent peu après l'arrestation de Sandra. Je le laissai raconter tous les détails croustillants pendant que je me concentrais sur le délicieux repas devant moi.

Vers la fin de son explication, Mamie me frappa à l'arrière de la tête et je faillis m'étouffer à nouveau.

— Quoi? criai-je, la bouche encore pleine de nourriture.

— Si tu fais encore quelque chose d'aussi stupide, je vais te tuer, dit-elle en me fixant avec un regard noir.

— Pardon, marmonnai-je. Brock est-il au courant? m'enquis-je en essayant de changer de sujet pour une issue plus plaisante.

Charles lécha un peu de mayonnaise sur son pouce.

— Ils sont en train de le libérer en ce moment même. Il sera libre à la tombée de la nuit.

Cette nouvelle me rendit si heureuse que je ne pus m'empêcher de sourire en dévorant un deuxième sandwich.

Mitch fut la première à finir de manger et elle souleva Yo-yo qu'elle posa sur ses genoux. Cela me rappela quelque chose qui me dérangeait un peu.

— Quand je parlais avec Sandra, dis-je en attendant un instant pour m'assurer que tout le monde écoutait, elle a mentionné avoir un jour gardé le chien de ses amis. Pensez-vous qu'elle parlait de Yo-yo?

— Penses-tu vraiment qu'elle l'a volé et l'a gardé

en otage pendant quelques semaines avant de le laisser partir? Cela me semble assez improbable, dit Charles. Pourquoi aurait-elle fait ça?

— Demandons-le au chien, dit Octo-Chat avant de mettre un énorme morceau de crevette dans sa bouche.

— Tu veux bien? dis-je en ajoutant «s'il te plaît» quand il ne s'exécuta pas tout de suite.

— Qu'est-ce que...? commença Charles, mais je le fis taire pendant que j'attendais la fin de l'échange entre les animaux.

— Affirmatif, dit Octo-Chat un instant plus tard. Elle l'a enlevé cette nuit-là quand il n'a pas arrêté d'aboyer, mais il s'est échappé et il est revenu à la maison. Il lui a fallu un moment pour revenir de Misty Harbor, mais il était bien décidé à rentrer chez lui, quoi qu'il arrive.

Je transmis vite cette information au reste du groupe.

— Alors, pourquoi ne l'a-t-elle pas tué également? demanda Charles en affirmant une évidence.

— Je suppose que même la méchanceté a ses limites, dit Mamie en hochant la tête.

— Il dit qu'il s'excuse de ne pas s'être souvenu de tout cela plus tôt, m'informa Octo-Chat. Et il dit merci d'avoir aidé sa famille.

— Que va-t-il arriver à Yo-yo maintenant? demandai-je aux autres.

— Charles m'aide à faire une requête à l'école afin de le garder sur le campus avec moi en tant qu'animal de soutien émotionnel, répondit Mitch avec un sourire triste. Je ne peux pas m'imaginer le perdre encore. Il est maintenant la seule famille qu'il me reste.

— Et jusque-là, il restera avec moi, dit Charles. Mais nous ne devrions pas avoir de soucis pour faire approuver notre requête, puisque...

Il se tut, mais Mitch finit la phrase pour lui.

— Mes parents ont récemment été assassinés.

— Quelle journée, dit Mamie avec un énorme soupir. Faisons une pause avant d'enquêter sur notre prochaine grosse affaire, si tu veux bien, dit-elle en se tournant vers moi.

— Qu'est-ce qui te fait croire qu'il y aura une autre affaire? demandai-je, surprise.

— Parce que ma chérie, tu ne fais peut-être pas les choses de la façon la plus prudente, mais je pense que tu as enfin trouvé ta vocation.

— Qui est?

— D'être la meilleure détective privée du Maine, dit-elle avec un sourire plein de fierté.

— Je trinque à cette idée, dit Charles en levant son verre de soda.

— Moi aussi, dit Mitch.

C'est alors que ma mère apparut soudain dans le restaurant pour nous rejoindre.

— Je suis là ! cria-t-elle. Qu'ai-je manqué ?

— Rien, dit Mamie en me faisant un clin d'œil. Rien du tout.

Eh bien, je me dis que je pouvais toujours le révéler plus tard à ma mère. J'avais déjà eu assez d'excitation pour une soirée.

Octo-Chat me tapota avec sa patte.

— Maintenant que c'est terminé, je suis prêt à demander ma faveur.

Ma mère était occupée à passer commande à la serveuse, alors je me penchai et je chuchotai :

— Quelle est-elle ?

— Je veux que tu m'achètes une maison, dit-il avec le sourire du chat du Cheshire.

— Une maison ! explosai-je.

Il hocha la tête avec enthousiasme.

— Et pas n'importe quelle maison. *Ma* maison. Je veux rentrer chez moi.

Je restai la bouche ouverte en cherchant la réaction appropriée. Rien ne me vint, cependant.

— Ne t'inquiète pas, tu viendras aussi, ajouta

Octo-Chat en essayant vainement de contrer mes objections.

Il avait appris beaucoup de choses sur la société humaine récemment – je voulais bien lui accorder cela – mais il y en avait encore qui lui échappaient complètement, l'argent étant un des meilleurs exemples.

— Tu veux simplement que j'achète la maison d'Ethel ? sifflai-je encore. Je ne peux absolument pas payer cet endroit énorme.

— Nous fignolerons les détails plus tard, m'assura-t-il avant de reporter son attention sur son repas.

Quand je regardai à nouveau mes compagnons humains, je vis que ma mère me fixait d'un air que je reconnus immédiatement.

Elle avait compris.

Inutile de vous arrêter ici. Le livre suivant de cette série est désormais disponible et gratuit avec votre abonnement Kindle Unlimited.

Commandez votre exemplaire dès *Chats Chauves et Chafouins* maintenant !

ET ENSUITE ?

Je commence enfin à accepter le fait que je peux parler aux animaux, même si le seul qui me répond est un chat tigré grincheux que j'ai pris l'habitude de nommer Octo-Chat. Ce que je n'ai pas tout à fait résolu, c'est comment cacher mon secret...

Maintenant, un des partenaires de mon cabinet d'avocats a découvert mon nouveau talent étrange et il insiste pour que je l'utilise afin de défendre son client contre une accusation de double meurtre. Pour ne rien arranger, Octo-Chat n'a aucune intention de nous aider.

Notre seul espoir repose sur un York crétin nommé Yo-Yo qui n'a pas tout à fait compris que son propriétaire est mort. Trouverons-nous un moyen de pousser Yo-Yo à nous aider sans briser son pauvre petit cœur canin ?

Chats Chauves et Chafouins est maintenant disponible. Commandez votre exemplaire dès aujourd'hui !

APERÇU

CHATS CHAUVES ET CHAFOUINS

Salut, je m'appelle Angie Russo et mon animal domestique est un chat qui parle. Enfin, il ne parle qu'à moi, mais bon. Quelques mois se sont écoulés depuis qu'il est venu vivre avec moi après le meurtre de sa propriétaire, une gentille vieille dame qui a été empoisonnée par une personne de sa propre famille cherchant à accaparer l'héritage.

Depuis, Octo-Chat et moi nous sommes habitués à vivre en colocation et il est assez souvent agréable avec moi, tant que je lui donne son petit-déjeuner à temps et que je ne l'appelle absolument jamais « minou ». Il a même appris à utiliser son iPad pour m'appeler sur FaceTime afin que nous restions en contact quand je suis au travail.

Oui, *son* iPad.

Ai-je déjà mentionné qu'il était terriblement gâté?

Non seulement il possède sa propre tablette, et un fonds fiduciaire également, mais il insiste pour ne boire que de l'Évian fraîche et ne manger que certaines saveurs de Gourmet servies sur des plats spécifiques et selon son planning rigoureusement suivi bien que totalement inutile.

Je dois avouer que j'ai fini par l'aimer, ce que je n'aurais jamais cru possible. Ces temps-ci, j'apprécie même à peu près mon travail d'assistante juridique chez Fulton, Thompson et Associés. Tout est assez intéressant depuis que les Fulton ont brutalement quitté la ville et que notre cabinet a perdu son plus ancien associé.

Une compétition acharnée s'en est suivie pour savoir qui allait prendre sa place. Jusqu'à ce que M. Thompson décide qui il aimerait promouvoir, nous demeurons simplement Thompson et Associés. De nombreux candidats — à la fois de notre cabinet et de l'extérieur — sont passés par nos bureaux dans l'espoir d'obtenir le poste convoité dans le cabinet d'avocats le plus respecté de Blueberry Bay, mais Thompson a des difficultés à choisir.

Je le comprends. Je ne voudrais certainement pas être à sa place.

Notre cabinet est maintenant tristement célèbre

après le meurtre surprenant impliquant un des associés et sa famille. Tout le monde veut un scoop, mais M. Thompson a été très clair : nous ne devons pas parler de ce qui est arrivé.

En attendant, il a engagé un nouvel associé pour faire face à la charge de travail. Charles Longfellow, III, est arrivé avec de très bonnes recommandations, un superbe CV et une beauté encore plus grande.

Cela fait un moment que je n'ai pas eu de béguin, mais, bon sang, j'en pince pour Charlie. Il a d'épais cheveux ondulés qui tombent parfaitement en une vague sombre sur son front. Il est grand, du genre *peut-être a-t-il joué au basket au lycée, mais sans doute pas à l'université,* on pourrait facilement se perdre dans ses yeux vert foncé. Je le sais, parce que ça m'est déjà arrivé plusieurs fois.

Oui, bien que je préfère généralement les livres aux garçons, je suis souvent très perturbée quand Charles est à proximité. C'est sans doute la raison pour laquelle j'ai fait une erreur aussi colossale...

Maintenant, on me fait du chantage au sujet de mon plus grand secret : le fait que je sache parler aux animaux.

Et le pire ? Ça ne me déplaît pas.

Je devrais sans doute commencer par le début, hein ?

Bon, c'est parti...

* * *

Octo-Chat m'a appelée par FaceTime juste avant midi. J'étais au bureau, bien sûr, mais comme il savait qu'il ne devait pas m'appeler sauf s'il y avait une urgence, je décidai d'interrompre mes recherches et de répondre. De plus, presque tout le monde avait quitté le cabinet pour une réunion à déjeuner, me laissant plus ou moins seule dans le bâtiment.

— De quoi as-tu besoin ? demandai-je après avoir scruté les locaux.

Normalement, je prenais les appels d'Octo-Chat dans les toilettes, mais un des associés adjoints y était resté pendant au moins une demi-heure avant de partir... et je voulais éviter le désastre qu'il avait laissé derrière lui.

— Il y a une mouche dans mon Évian, se plaignit mon chat avec un miaulement aigu.

Son visage semblait complètement scandalisé lorsqu'il se pencha près de la caméra.

— Oh, pauvre de toi, dis-je gentiment en levant les yeux au ciel juste en dehors de sa vue.

Octo-Chat était véritablement trop gâté pour son propre bien, mais d'un autre côté, je recevais un salaire mensuel de cinq mille dollars pour m'occuper de lui, alors je ne pouvais pas trop me plaindre.

— C'est exactement ce que je pensais, répondit-il avec une grimace et un soupir. J'ai besoin que tu rentres immédiatement à la maison pour rectifier cette situation.

— Je ne peux pas. Je suis au travail, lui rappelai-je avec mon propre soupir harassé tout en cliquant nonchalamment sur les emails de ma messagerie trop pleine.

Octo-Chat grogna quand il remarqua qu'il n'avait pas toute mon attention.

— Je pensais que tu n'étais censée travailler qu'à mi-temps, maintenant ?

Pourquoi devais-je constamment expliquer mes choix de vie à un chat ? De toute façon, il se souvenait rarement de ce que je lui disais. Nous avions eu cette même conversation au sujet de mon travail au moins trois fois, déjà. La répéter maintenant me semblait être un exercice de la plus pure futilité.

Malgré tout, il était plus facile de lui expliquer encore que de gérer un de ses caprices.

— Oui, techniquement je suis à mi-temps, expliquai-je patiemment. Mais je dois donner un coup de main jusqu'à ce que Thompson engage enfin un nouvel associé. Il y a beaucoup de travail ici, et malheureusement je n'ai pas le temps de passer à la maison et de te verser un nouveau bol d'eau. Je suis désolée.

Il fronça les sourcils, prêt à se battre pour une chose aussi simple.

— Mais n'as-tu pas un salaire mensuel généreux pour faire en sorte que je reçoive les soins auxquels je suis habitué? Car je ne suis absolument pas habitué à avoir une mouche qui agite toutes ses pattes en nageant dans mon Évian.

Encore une fois, il était plus facile de céder que d'argumenter pendant des heures ou des jours.

— *Argh*, très bien. Je vais demander à Mamie de passer te verser plus d'eau. Ça te va?

Il bâilla, ce qui m'irrita encore plus.

— Pas exactement. Il me faudra des jours pour me remettre de cet événement horrible. Peux-tu faire en sorte que Mamie sache qu'il faut jeter le bol contaminé?

— Tu es un chat, dis-je en serrant les dents. Tu es censé être un chasseur redoutable, pas un bébé pourri gâté. Tu sais, les autres chats…

— Angie? dit une belle voix profonde au milieu de notre conversation.

Oh, non, non, non. Tout le monde était censé être parti!

Je me tournai sur ma chaise et je découvris Charles Longfellow, III en personne derrière moi, fixant bouche bée l'image d'Octo-Chat sur l'écran de mon téléphone qu'il voyait par-dessus mon épaule.

— Euh, salut, Charles.

Je gloussai nerveusement en appuyant sur le bouton pour mettre fin à notre appel, mais c'était trop tard. Il avait déjà vu et entendu plus qu'assez pour découvrir mon secret. Le mieux que je pouvais espérer maintenant, c'était qu'il pense que l'un de nous était devenu fou. Ou les deux.

Le fait qu'il me regardait comme si je venais de me faire pousser une deuxième tête était bon signe. C'était peut-être moins étrange que ce qu'il venait de surprendre.

— Est-ce que tout va bien ? demanda-t-il en levant un épais sourcil dans ma direction.

L'air me sembla soudain rare, comme si le bureau venait d'être transporté au sommet de la montagne la plus proche.

Je hochai la tête, souhaitant désespérément que Charles s'en aille et qu'il arrête de m'interroger.

— Parfaitement bien, merci, mentis-je en regrettant de ne pas avoir hérité des légendaires talents d'actrice de Mamie.

En l'occurrence, je voyais que mon collègue n'était

pas berné par mes tentatives pour minimiser la situation.

Effectivement, sa voix dégoulina de sarcasme lorsqu'il dit :

— Vraiment ? Parce qu'on aurait dit que ton chat avait besoin d'aide avec son…

Un sourire délicieux s'étala sur son visage, s'étirant d'une pommette haute jusqu'à l'autre.

— Évian ? C'est bien ça ?

Ma mâchoire tomba, mais aucun mot n'en sortit pour expliquer l'étrange spectacle dont mon béguin venait d'être témoin.

— Alors, insista-t-il en écarquillant les yeux. Étais-tu en pleine conversation avec ton chat, ou pas ?

Je fis passer une mèche de cheveux derrière mes oreilles et je déglutis avant de bafouiller ma réponse.

— Euh, je l'appelle parfois quand je ne suis pas à la maison. Il souffre d'angoisse de la séparation, alors…

Je lui fis mon sourire le plus mielleux, mais il ne sembla pas fonctionner. J'étais gravement surpassée par le sien.

— Mais on aurait dit qu'il te répondait, insista Charles. Comme si vous aviez une véritable conversation l'un avec l'autre.

Je clignai des paupières en bafouillant :

— Quoi? Non, ne dis pas n'importe quoi. Je ne peux évidemment pas parler aux animaux. Je veux dire, qui le peut?

— Toi, apparemment, dit Charles en plissant les yeux.

Apparemment, il n'allait pas me lâcher tant que je ne révélais pas l'unique chose que je voulais le plus cacher.

J'avalai l'énorme boule qui s'était maintenant coincée dans ma gorge, puis je partis d'un rire hystérique.

— *Je t'ai eu!* Je n'arrive pas à croire que tu aies cru à ma petite plaisanterie de bureau!

Charles fourra les deux mains dans ses poches et se balança d'avant en arrière sur ses talons, tout en ne disant rien.

Oh non. Pourquoi ne disait-il rien?

Mon cœur galopait comme un étalon sauvage alors que mon rire nerveux s'estompait.

— Tu viens avec moi, dit-il.

— Quoi?

Je croisai les bras d'un air de défi.

— Non. J'ai trop de travail à rattraper ici.

Il posa les mains sur mon bureau et se pencha de sorte que nos visages ne se trouvent qu'à quelques centimètres l'un de l'autre. Dans presque n'importe quelle autre circonstance, j'aurais apprécié avoir son beau visage si près du mien.

Mais là ? J'étais absolument terrifiée.

— Tu m'accompagnes, répéta-t-il avec un sourire diabolique. Sauf si tu veux que je raconte ce que j'ai vu à tout le monde.

Je déglutis.

— Tout le monde ?

— *Tout le monde*, confirma-t-il avant de se redresser et de remettre sa cravate d'aplomb.

Complètement stupéfaite et incapable de voir une alternative, je me levai pour rejoindre Charles.

— Excellent, dit-il en me conduisant jusqu'à la porte et en me faisant signe de passer.

Je me retournai pour l'examiner.

— Où allons-nous ?

— Chez moi, répondit-il froidement pendant que nous traversions le parking jusqu'à sa voiture.

Charles ne m'avait encore jamais invitée nulle part, surtout pas chez lui. Malheureusement, quelque chose me disait que je n'allais pas du tout aimer ce qui m'attendait là-bas.

Chats Chauves et Chafouins est maintenant disponible. Commandez votre exemplaire dès aujourd'hui !

À PROPOS DE MOLLY FITZ

Même si Molly Fitz, l'autrice de bestsellers sur la liste de *USA Today*, ne sait techniquement pas communiquer avec les animaux, ses trois assistants d'écriture félins et elle ont des conversations très animées en vaquant à leurs occupations.

Elle vit avec son enfant et leur propre zoo quelque part dans la nature sauvage de l'Alaska. Molly s'aventure parfois hors de chez elle pour de bons repas, du café délicieux, ou pour rencontrer de nouveaux animaux.

Apprenez-en plus sur Molly et ses livres en français, et n'oubliez pas de vous inscrire à sa newsletter sur **minoumystérieux.com.**

LES ENQUÊTES DE LA CHUCHOTEUSE

Angie Russo vient de s'associer avec le tout premier chat détective parlant de Blueberry Bay. Avec sa bande hétéroclite d'humains et d'animaux, Octo-Chat est bien décidé à sauver la situation… tant que ça n'interfère pas avec son planning. Commencez par le tome 1, ***Minou Mystérieux***.

MYSTÈRES MAGIQUES DE MERLIN

Gracie Springs n'est pas une sorcière... mais son chat est un sorcier. Elle doit maintenant aider à garder son secret ou risquer de passer le reste de sa vie dans une prison magique. Dommage que les problèmes semblent les suivre partout où ils vont! Commencez par le tome 1, ***Merlin affronte un familier***.

L'AGENCE D'INTÉRIM PARANORMALE

La vie simple de Tawny Bigford prend un tour magique quand elle tombe sur le meurtre de sa propriétaire et qu'elle est recrutée par un chat noir parlant nommé Fluffikins pour prendre le rôle de la défunte en tant que Sorcière Officielle de la ville de Beech Grove, Géorgie. Commencez par le tome 1, ***Sorcière à louer***.

COMMUNIQUEZ AVEC MOLLY

Si vous cherchez à rejoindre une communauté de doux dingues qui aiment les animaux autant qu'ils aiment les livres, alors nous allons vraiment nous entendre !

Suivez **ma page Facebook** exclusivement réservée à mon lectorat français : Facebook.com/lapilealire

Abonnez-vous à **ma newsletter** pour recevoir des cadeaux numériques, les dernières nouvelles et même des cadeaux occasionnels réservés uniquement à mes fans français : minoumystérieux.com/abonnez

NOTES

CHAPITRE 4

1. NdT : Upchuck signifie « gerber, dégobiller » en Anglais.